ORÁCULO
LIVRO 1

2014, Editora Fundamento Educacional Ltda.

Editor e edição de texto: Editora Fundamento
Editoração eletrônica: Haikai Design Ltda. (Sandra Okada)
Coloração da capa: Zuleika Iamashita
CTP e Impressão: Centro Salesiano de Desenvolvimento Social e Profissional
Tradução: Mamama Produções Artísticas Ltda. (Simone do Vale Barreiros)

Copyright © Jackie French, 2010.
Publicado originalmente na língua inglesa em Sydney, Austrália, por HarperCollins Publishers Australia Pty Limited em 2010. Esta edição em língua portuguesa foi publicada em acordo com HarperCollins Publishers Australia Pty Limited.

O direito de Jackie French de ser identificada como autora do livro foi assegurado.
Design da capa original: Darren Holt, HarperCollins Design Studio
Imagens de capa: Silhueta de mulher por Trinette Reed / Getty Images; todas as outras imagens por shutterstock.com

Todos os direitos reservados. Nenhuma parte deste livro pode ser arquivada, reproduzida ou transmitida em qualquer forma ou por qualquer meio, seja eletrônico ou mecânico, incluindo fotocópia e gravação de backup, sem permissão escrita do proprietário dos direitos.

Dados Internacionais de Catalogação na Publicação (CIP)
(Câmara Brasileira do Livro, SP, Brasil)

French, Jackie
   Oráculo – livro 1 / Jackie French ; [versão brasileira da editora] – 1. ed. – São Paulo, SP : Editora Fundamento Educacional Ltda., 2014.

   Título original : Oracle

   1. Literatura juvenil I. Título

11-11296   CDD-028.5

Índices para catálogo sistemático:
1. Literatura infantojuvenil 028.5
2. Literatura juvenil 028.5

Fundação Biblioteca Nacional

Depósito legal na Biblioteca Nacional, conforme Decreto nº 1.825, de dezembro de 1907.
Todos os direitos reservados no Brasil por Editora Fundamento Educacional Ltda.

Impresso no Brasil

Telefone: (41) 3015 9700
E-mail: info@editorafundamento.com.br
Site: www.editorafundamento.com.br

Este livro foi impresso em papel pólen soft 80 g/m² e a capa em papel-cartão 250 g/m².

ORÁCULO
LIVRO 1

NA GRÉCIA ANTIGA, PREDIZER O FUTURO PODE
SER UM DOM OU UMA MALDIÇÃO.

Jackie French

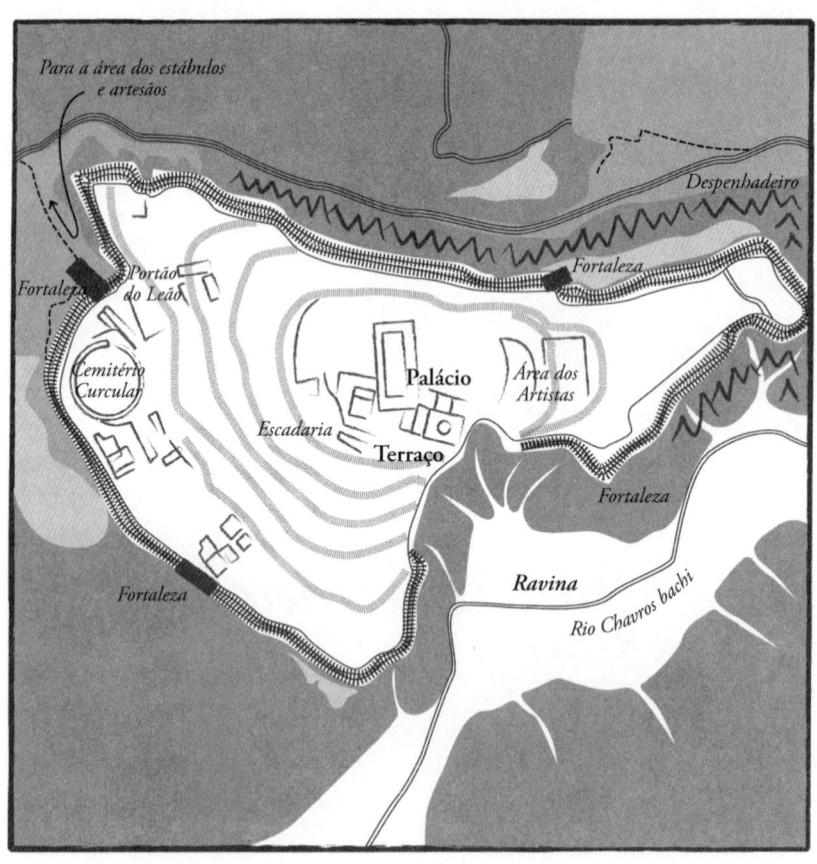

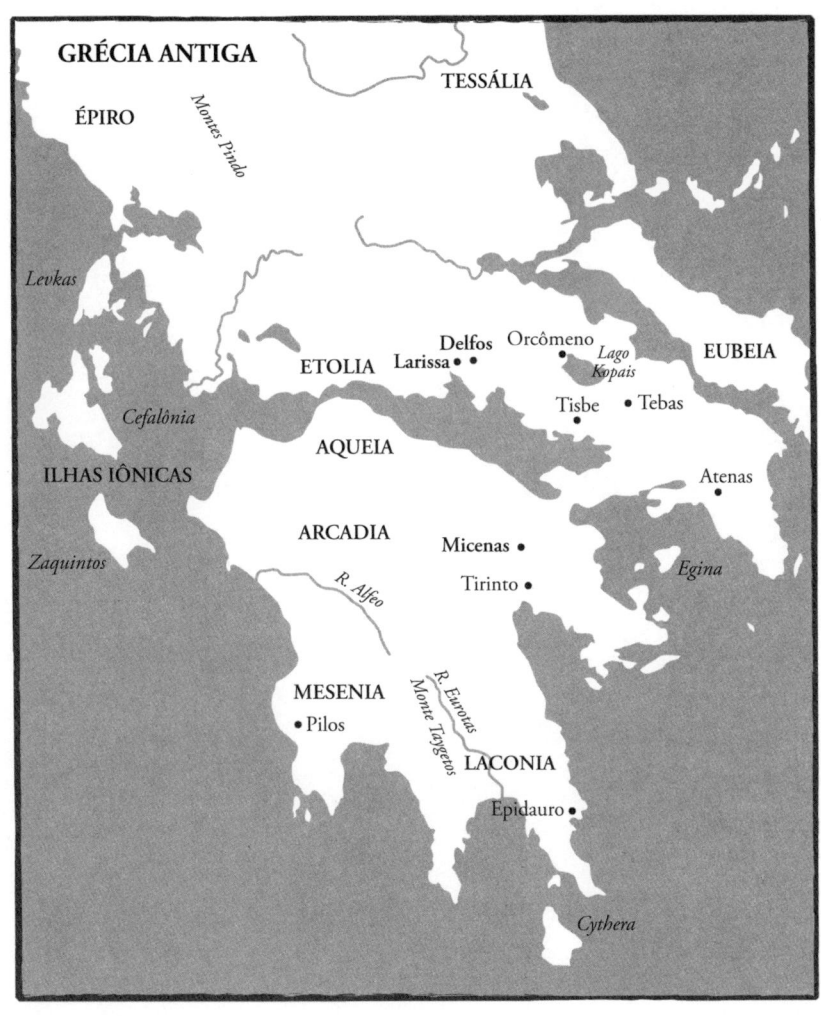

Capítulo 1

O vento cheirava a rocha e granizo na noite em que o pai de Nikko levou a irmã deles para morrer. O vento murmurava por entre as cabanas de pedra fria, como se contasse histórias para os penhascos acima.

Nikko espiou para fora do estábulo das cabras e viu o pai abrir a porta de couro da cabana em que moravam. Ele segurava um vulto branco pequenino. Enquanto Nikko observava, o pai carregou o vulto para longe do brilho das brasas da lareira, mergulhando na escuridão.

Naquela noite, quando a parteira chegou, o pai ordenou que Nikko e o irmão dormissem no estábulo das cabras. Esperavam que ele dormisse enquanto a mãe gritava e se contorcia de dor. Até o irmão achava Nikko jovem demais para saber o que estava acontecendo.

Ele sabia.

As cabras gemeram presas às cordas, os olhos amarelos reluzentes no escuro, e logo ficaram quietas outra vez.

Nikko se esgueirou de volta para a pilha de feno e peles de bode e cutucou o irmão.

– O bebê nasceu!

– Volte para a cama – as palavras de Aertes soaram como um resmungo sonolento.

– Papai o levou para fora – disse Nikko.

"Talvez houvesse algum ritual após o nascimento de um bebê", pensou Nikko, "assim como a gente sacrifica uma pomba na pedra da Mãe antes de ceifar o primeiro canteiro da safra de cevada, ou cospe três vezes quando deixa o pão cair no chão".

– Para onde o papai vai levá-lo?

– Shh! Para a encosta da montanha.

– Por quê?

– "Por quê?"... "Por quê?"... Você faz perguntas demais – Aertes virou para o outro lado, puxando as peles de bode junto.

– Mas não tem nada na encosta da montanha! – as escarpas das montanhas rochosas eram áridas demais até para as cabras pastarem. – Por que alguém levaria um bebê para lá?

– Não existe bebê nenhum.

– Mas... – Nikko se calou quando Aertes sentou.

Aertes tirou a palha do cabelo com um gesto impaciente.

– Se o papai levou o bebê embora, é porque nasceu uma menina. Entendeu?

Nikko balançou a cabeça.

– Quem precisa de uma menina? Uma menina não pode vigiar as cabras nem caçar. Uma irmã também precisa de um dote, para que alguém se case com ela. Um dote de cabras, ou terras por nossa conta.

Confuso, Nikko balançou a cabeça outra vez.

– As meninas cozinham. Plantam cevada e colhem gravetos para a fogueira. Uma menina ajudaria a nossa mãe...

Aertes cuspiu. As cabras gemeram de novo. Um dos cabritinhos começou a cutucar a mãe.

– Daqui a algumas colheitas, eu terei uma esposa. Ela vai ajudar a nossa mãe.

– Eu vou ter uma esposa? – isso realmente nunca lhe ocorreu até então.

Aertes franziu os lábios.

– Nós não temos cevada e oliveiras suficientes para alimentar uma esposa para você também. Você terá que achar uma esposa com terras de dote, ou ficará sem – Aertes tornou a se acomodar no feno. – Quando a aldeia acordar, não haverá nenhum bebê.

– Mas as pessoas sabiam que o bebê estava para chegar. A parteira viu...

– Shh! Elas também ficarão de boca fechada. Aposto que já levaram alguns dos próprios filhos para lá. Todos nós passaríamos fome com mais gente para alimentar. Mas no alto da montanha – o irmão deu de ombros –, um lobo irá pegá-la. Ou uma raposa. Não haverá nada para ser visto, nada para ser encontrado amanhã. Agora durma.

Nikko deitou e tentou pensar. Será que o irmão tinha razão? As mulheres e as cabras engordam quando estão esperando um bebê. Franziu a testa. Haveria outras mulheres na aldeia que engordaram e emagreceram de repente, mas sem aparecer com um bebê nos braços?

Um som irrompeu na noite. Era a mãe, que soluçava baixinho lá na cabana, tentando abafar o barulho com uma manta. Ontem, ele teria corrido até ela. Mas hoje, não.

Nikko esperou ansioso pelo bebê. Aertes era grande demais para brincar com ele. Aertes o esmurrava quando ele fazia alguma coisa errada e roubava o seu bolo de cevada quando ninguém estava vendo. Um bebê seria pequeno, como ele. Um irmão para ajudá-lo a cuidar das cabras. Uma irmã.

As irmãs faziam bolos de figo e *posset*, uma mistura de leite quente com cerveja, quando estava frio. A irmã do Demétrio, o Coxo, fazia bolo de mel para ele, e lhe massageava a perna quando doía por causa do frio.

Os soluços da mãe ficaram mais altos. A voz de uma outra mulher sussurrava em tom confortador.

Um lobo, à espreita na escuridão... Uma vez, ele viu um lobo dilacerar um cabritinho. O filhote havia se perdido da mãe durante a noite e caiu do penhasco. Nikko não conseguiu alcançá-lo. Só lhe restou assistir enquanto o lobo rasgava a garganta e abria o ventre do animal. O pai lhe deu uma surra pela perda do cabritinho.

Um bebê destroçado pelas mandíbulas implacáveis de um lobo, a sua própria irmã.

Fechou os olhos. Ele não tinha irmã nenhuma! Apenas um vislumbre no escuro. Os gritos da mãe cortavam a noite.

Tentou dormir. Mas parecia que o mundo se expandiu desde aquela tarde, criando espaço para mais uma pessoa. Uma irmã, pequena e indefesa, sozinha na colina...

Nikko esperou até o ronco do irmão tornar-se contínuo, depois se esgueirou em meio às cabras e saiu do estábulo.

A Lua pairava alta sobre o vale quando ele saiu correndo por entre as rústicas cabanas de madeira. A Lua era a Mãe, embora a Terra de algum modo, também fosse a Mãe, e ela era jovem, velha e Mãe, tudo ao mesmo tempo. Nikko sentia que, às vezes, os adultos se confundiam um pouco com a religião.

Toda noite, as fiandeiras da Lua encurtavam um pouco mais o brilhante vestido de luar da Mãe, até ele se transformar em uma pequena foice no céu e depois desaparecer por completo, conforme elas teciam o fio para produzir a luz que criava as estrelas. Mas esta noite as fiandeiras também estavam adormecidas, porque a Lua parecia redonda como um queijo.

Ele passou pela casa do chefe da aldeia, com sua padieira pintada sobre a porta e os bancos de madeira do lado de fora, onde os homens do povoado se sentavam para tomar decisões.

Passos. Nikko ficou imóvel, uma sombra entre outras sombras, prensado contra a cerca alta de madeira que protegia a aldeia dos lobos, ursos e forasteiros. As peles penduradas do lado dele, para secar antes de serem curtidas, fediam a carne podre e a bode.

A sombra era o seu pai. As mãos dele estavam vazias.

Nikko aguardou até que o pai passasse e a aldeia caísse em silêncio de novo, então saiu correndo até o portão do povoado. Ele o destrancou, e abriu apenas o suficiente para sair.

O luar parecia ainda mais luminoso do lado de fora. Nikko ficou contente. Ele conhecia o terreno próximo bem o bastante para encontrar o caminho no escuro. Mas esteve nas montanhas apenas umas poucas vezes, para caçar pombos com os outros meninos.

Cauteloso, atravessou o riacho, pisando de rocha em rocha com cuidado, o luar piscando para ele na água. Passou pelo lago onde as mulheres lavavam roupa. Depois seguiu colina acima, rumo à pedra achatada de sacrifício. Aninhada na encosta da colina, ela era negra e recoberta de velhas manchas de sangue seco, das gargantas de pombos e bodes que a mulher do chefe cortava para agradar a Mãe, que assim lhes enviaria chuva e sol, cervos para caçar e gordas espigas de cevada para o pão.

Quando começou a subir, o vento bafejava granizo nas suas pernas nuas, fazendo com que ele se arrependesse de não ter trazido uma pele de bode para se cobrir. Sentia cheiro de rochas frias e um leve aroma de ervas, além de outros que ele não conseguiu identificar. Às vezes, Nikko erguia o rosto na direção do vento, escutando a música dos lugares pelos quais este passara: o palácio do Grande Rei em Micenas ou mesmo o mar, aquela extensão infinita de água quase inacreditável.

Mas não esta noite.

De repente, a terra começou a tremer sob os seus pés, um tremor quase imperceptível que durou apenas um piscar de olhos. Nikko parou e levou o punho à testa em respeito a Poseidon, o deus do mar e dos terremotos.

Um terremoto pode ser um presságio, avisando os humanos sobre acontecimentos futuros. Esse foi apenas um tremor pequeno. Mas o bebê também o era.

Algo se moveu em meio às pedras. Por um momento, o seu coração ficou mais frio que a noite. Seria um lobo? Ou um javali? Um javali também comeria um bebê. Ele piscou. A sombra desapareceu.

Nikko começou a correr, esquivando-se por entre as rochas, as pedras afiadas cortando os pés descalços, as moitas de zimbro arranhando a pele... vultos negros por todos os lados... Como seria possível enxergar um bebê no meio das pedras, mesmo ao luar? O vento caçoava dele, conforme serpeava ao longo da colina.

Ofegante, Nikko alcançou o topo e olhou para baixo. Ainda nenhum sinal de qualquer coisa viva no amontoado de pedras. Sentiu um aperto no coração. Teria chegado tarde demais? "Será que um lobo já encontrou o pequeno corpo e o carregou para longe?"

Um pássaro gorjeou nas árvores às margens do riacho. Nikko ficou tenso. Não era um rouxinol e sim uma cotovia. Ele não percebeu que se passou tanto tempo. Olhou para trás, para o horizonte. A aurora já era um clarão cinzento, implacável, que cruzava o céu. Ele esperou tempo demais antes de abandonar a segurança do estábulo das cabras. Devia ter corrido logo que o pai partiu. Devia tê-lo seguido, para ver onde ele deixaria a criança.

"Aertes tem razão quando diz que eu sou jovem e estúpido", pensou.

E então ele ouviu, fraco e estridente sob o canto do pássaro: um choro de bebê.

Onde estaria ela? O vento se apoderava do som, carregando-o ao longo da colina. Era impossível dizer de onde vinha.

Uma sombra se moveu abaixo dele. Um lobo, o focinho erguido para farejar o vento. Era um lobo velho, a pelagem tingida de cinza, magro por causa do inverno.

Nikko deu um berro, apanhou uma pedra e jogou nele. Errou. Arrependeu-se por não ter trazido a atiradeira.

O lobo olhou para cima. Nikko praticamente conseguiu escutá-lo praguejar, indeciso. Correr do perigo no alto da colina ou abocanhar a comida sedutoramente escondida entre as rochas? Nikko sentiu quando o lobo concluiu que ele era muito pequeno e estava distante demais para representar uma ameaça a um lobo grande. Apanhar a carne e correr... O lobo começou a se mover por entre as pedras.

Nikko precisava chegar lá primeiro! Tentou saltar de pedra em pedra, os pés escorregando nas rochas. O choro soou outra vez. Lá perto daquelas duas pedras grandes!

Por que subiu tão alto? O pai simplesmente deixou o bebê no primeiro ponto descoberto da encosta. Por que se cansar carregando-o mais para o alto da escarpa? Nikko devia ter passado correndo pelo bebê no escuro.

O primeiro raio de sol dardejou acima do vale, em seguida irrompeu ao longo da colina. Agora os pássaros cantavam em coro.

A respiração dilacerava a garganta. Ele estava quase alcançando o bebê agora. Assim como o lobo. O animal olhou para o alto e começou a correr em direção à sua presa.

Ele não conseguiria. Não conseguiria. Mas precisava tentar. Uma sombra cobriu-lhe o rosto. Ele olhou para cima e viu a águia mergulhar, as patas abaixadas. Não! Nikko teve uma súbita visão do bebê, carregado por aquelas garras como um coelho.

A águia pousou numa rocha acima do bebê. O choro se interrompeu, como se a criança houvesse pressentido o perigo. O lobo paralisou, observando a águia.

Nikko tornou a se agachar e pegou outra pedra. Essa ele acertou. O lobo ganiu quando a pedra atingiu a sua orelha. Balançou a cabeça, como que para clarear as ideias. Depois sumiu de repente por entre as rochas.

Nikko escorregou numa descida cheia de pedras soltas, então parou. O bebê ergueu o olhar, os olhos impossivelmente azuis, a boquinha aberta. O pai deve ter levado a coberta de volta – "Por que desperdiçar uma pele de bode?", pensou amargurado –, pois ela estava nua, sacudindo os braços e as pernas como um sapo. Ele se abaixou e a pegou no colo. A cabeça dela pendeu de um jeito estranho. Por um instante, ele pensou que o pescoço estivesse quebrado. Mas, ao acolher o pequeno corpo macio junto a si, sentiu o coração da irmã bater forte contra o seu.

Ele se virou e avistou a águia.

Ela ainda estava lá, no alto da rocha, a nada mais que uma lança de distância dos dois. Ela o encarou sem piscar, depois se curvou e se lançou de volta no céu, as asas batendo no ar até atingir altura suficiente para flutuar no vento.

Nikko olhou para cima, o bebê nos braços. "Pareceu", pensou ele, "que a águia ficou à minha espera, protegendo a criança."

Mas isso era impossível. As águias não...

O bebê soltou uma espécie de soluço, depois desatou a chorar de novo. O som era fraco, mas quase insuportavelmente doce. Nikko abriu a túnica e a envolveu no peito da melhor maneira possível para mantê-la aquecida. Começou a caminhar de volta para casa.

O portão da aldeia estava aberto quando ele atravessou o riacho. As mulheres já estavam sentadas nas soleiras das portas, triturando a farinha para o pão de hoje nos seus pilões. Todos observaram enquanto ele carregava a irmã para dentro da aldeia, as mulheres nas portas, os garotos ordenhando as cabras, os homens que se espreguiçavam sob a luz do sol matinal comendo seus bolos de cevada, ou consertavam as redes de caça e as lanças.

Ninguém falou. Mesmo aqueles que estavam conversando calaram quando ele se aproximou.

"Estou carregando um morto", pensou. "Estou carregando a pessoa que nunca existiu, que nunca deveria ter existido. Estou revelando as coisas escondidas pela noite à luz do dia."

Foi a caminhada mais longa que ele já fez.

O bebê agitava os braços junto ao seu peito e o chutava com os pezinhos. Era surpreendentemente forte. Apesar disso, Nikko sorriu quando sentiu outro chute.

O pai esperava por ele na porta de casa. Era um homem grande, encurvado de tanto trabalhar, com uma cicatriz de ponta a ponta no braço graças a uma batalha contra um javali (O pai venceu. A pele do javali agora era um tapete que ficava perto da lareira e as presas foram penduradas na porta, em triunfo).

O pai cruzou os braços quando o filho chegou mais perto.

Nikko parou. Abriu a boca para dizer: "Desculpe."

Mas não disse. Em vez disso, balançou a cabeça.

– Eu... eu divido a minha comida com ela. Posso catar ervas silvestres enquanto cuido das cabras. Vou caçar mais lebres e trazer mais pombos para casa. Eu juro que posso achar o bastante para nós dois. Por favor, não me faça levá-la de volta...

Alguém se moveu no fundo na cabana. O pai saiu da frente quando a mãe andou cambaleante até o lado de fora. Havia sangue na sua túnica. Ela deu um grito e estendeu os braços. Nikko lhe entregou o bebê. Ela o aninhou nos braços, murmurando algo e ergueu os olhos para o marido. O rosto dele permaneceu inexpressivo, enquanto ela carregava a criança de volta para a escuridão da cabana.

Ainda assim o pai não falou nada. Não se virou para a esposa, e sim para a aldeia. Nikko acompanhou o olhar dele ao longo da rua. Todo mundo estava assistindo, igualmente em silêncio. Aertes destacava-se num grupo de outros rapazes, lanças nas mãos, como se fossem sair para caçar. Eles também permaneceram calados, olhando atentamente para Nikko. E, de súbito, ele compreendeu.

As coisas feitas na escuridão podiam ser ignoradas. Mas agora já era dia. Uma emoção que ele não conseguiu nomear o inundou.

A irmã estava a salvo.

– Ordenhe as cabras, depois as leve para pastar – o pai hesitou. – Vamos chamá-la de Thetis – e voltou para dentro da cabana.

– Sim, pai.

Acima dele, a águia soltou um grito estridente. Foram raras as vezes em que Nikko ouviu o som de uma águia. Ela soou como se estivesse contente.

Capítulo 2

Quando Thetis completou 5 verões, a mãe decidiu levá-la até a bruxa da aldeia que ficava no fundo do vale.

Era início de verão, a neve acumulada no topo da montanha lembrava uma cabeleira branca e as andorinhas voavam baixo ao redor das cabanas, colhendo lama para os ninhos.

Nikko ouviu os pais discutindo quando voltou do estábulo das cabras. Era sua obrigação levar as fêmeas até o alto da montanha todos os dias, para procurar grama e pés de amora entre as rochas. Quase sempre a tarefa era simples, porque as cabras passavam o dia inteiro pensando em comer. Elas até voltavam sozinhas para casa no final da tarde, quando os filhotes começavam a chamá-las da aldeia, deixando-o livre para apanhar um pombo com a atiradeira ou, às vezes, até uma lebre, e para admirar a águia cortando o céu. De vez em quando, o vento parecia cantar entre os penhascos. Nesses dias, Nikko cantarolava junto com ele, melodias sem letra, pois não havia ninguém por perto para ouvir além dos cabritos, que preferiam comer a cantar.

Ninguém esqueceu a sua entrada na aldeia com a irmã nos braços naquela manhã. Ninguém tocou no assunto. Entretanto, daquele dia em diante, nenhum dos outros meninos se aproximou dele e das cabras da sua família quando todos levavam os rebanhos para a montanha. Às vezes, Nikko ouvia as vozes dos garotos nas encostas distantes. E as mães já não o olhavam com interesse, sonhando com um noivado para as suas filhas.

Thetis era uma criança ainda mais isolada, porque Thetis nunca falou.

– Os Seres da Noite pegaram a língua dela – a voz do pai soou baixa, como que para ter certeza de que os vizinhos não ouviriam. – Deitada lá na escuridão na montanha, os Seres da Noite também lhe roubaram o cérebro.

Nikko se afastou do couro de bode pendurado na entrada. Ao seu lado, o fogo estalava e crepitava. Ele podia sentir o cheiro de pão de cevada no forno de pedra, além do vapor de pinha doce e lombo de cervo no espeto. Pelo jeito, o pai hoje fez uma boa caçada. Thetis deveria estar lá fora com a mãe, cuidando da refeição familiar. Mas, em vez disso, um dos lados do assado estava virando carvão. Imediatamente, Nikko girou o espeto enquanto prestava atenção.

– Não há nada de errado com o cérebro de Thetis – a voz da mãe era um sussurro rouco, como um rato vasculhando por um pedaço de queijo. – Ela já consegue assar o pão e mói a cevada tão bem quanto eu. E também me ajuda com a plantação. Thetis é a criança mais esperta de toda a aldeia! Ela observa tudo o que eu faço.

– Ela observa, exatamente. A criança vive observando tudo. Isso não é normal.

– É normal, sim! O que ela pode fazer além de observar? Ninguém conversa com ela. As crianças nunca brincam com ela...

– E por que deveriam? – o pai suavizou o tom. – Leve a menina então, se isso a fizer feliz.

Nikko sentiu um puxão na sua túnica de pele de cabra. Olhou para baixo. Os olhos de Thetis estavam arregalados e apreensivos. Ela espiou a entrada, depois voltou a atenção para o irmão. Nikko se abaixou e a pegou no colo. As roupas dela eram tão rústicas quanto as suas, mas a pele de Thetis, aquecida pelo sol, era lisa como o mel. Os cabelos cheiravam a cevada. A mãe devia ter mandado Thetis triturar o grão no pilão outra vez, para mantê-la ocupada e longe do movimento da aldeia.

Thetis ergueu um pote de farinha como se soubesse no que ele estava pensando. Depositou-o no chão poeirento e tornou a espiar a porta, agora com um ar indagador.

Ela ouviu. E ele precisava fazê-la sorrir de algum jeito. Uma borboleta passou flutuando, para então pousar numa azedinha florida. Nikko apontou o inseto.

– Muito tempo atrás, a borboleta era uma *sentoleta*. Ficar sentada em cima de uma pedra era tudo que ela conseguia fazer. Mas um dia ela aprendeu a canção de borboletear.

Thetis olhou para ele curiosa. Nikko sorriu.

– É mais ou menos assim – ele começou a bater palmas ao redor do corpo esquálido da irmã enquanto ela se agarrava ao seu peito com os braços e pernas finas. *Clap clap clap, clap clap clap, clap clap clap...*

Ela inclinou a cabeça e tentou imitar o ritmo: *clap clap clap*. De alguma forma Thetis conseguiu se segurar nele só com as pernas.

– É isso!

Nikko tomou as mãos dela e começou a girá-la sem parar.

– Viu? Funciona! Você também pode voar! Lá vai você para cima e para baixo, igual à borboleta.

Qualquer outra criança soltaria gritos de alegria. Thetis abriu a boca, mas sem emitir nenhum som. Contudo, por um instante o seu rosto se iluminou, como os penhascos pintados de dourado pelo sol nascente.

Dentro de casa, as vozes se calaram. Nikko pôs Thetis no chão e tomou sua mão.

– Venha. Vamos providenciar o nosso jantar.

Ela o seguiu obedientemente quando Nikko entreabriu as peles de bode e a conduziu para dentro.

Os três partiram antes do alvorecer, tão cedo que o cuco era o único a piar. Thetis estava muda como sempre, os olhos castanhos atentos a cada detalhe das silenciosas cabanas à medida que eles avançavam pela trilha. A mãe carregava uma trouxa com provisões para comerem no caminho e um pedaço de tecido feito com pelo de cabra que ela mesma fiou e urdiu para dar de presente à bruxa. Nikko levava a segunda melhor lança de caça do pai. Um menino e uma lança não seriam páreos para os bandidos, mas bastariam para afugentar um lobo ou até um leão da montanha para o qual uma criancinha pudesse parecer um prato tentador.

O normal seria o filho mais velho acompanhar a mãe e a irmã numa excursão desse tipo. Mas, por alguma razão, todos o elegeram tacitamente como protetor de Thetis. Nikko não sabia direito como se sentia a respeito. Orgulhoso, talvez, por se aventurar a cruzar o portão da aldeia de lança em punho, mas aborrecido também, por ser mais uma vez forçado a agir de forma diferente dos outros garotos do povoado.

Atrás deles, as chaminés das cabanas exalavam os primeiros indícios da fumaça matinal. Eles atravessaram a trilha de pedras sobre o riacho, que cantava para si próprio, reluzente com a neve derretida. Passaram pelos canteiros onde as mulheres cultivavam feijão e cevada. Depois seguiram por entre videiras e oliveiras, as folhas verdes prateadas pela luz da aurora eas abelhas focinhando as flores.

Thetis sorriu e apontou as flores nas árvores, virando-se para ter certeza de que Nikko também via e apreciava a beleza delas. "Ela ainda é nova demais para se entusiasmar com a mudança das estações", pensou Nikko, com a sabedoria dos seus quase 11 verões.

E então o mundo se transformou em árvores – pinheiros e zimbros – e rocha, conforme eles percorriam as terras cultivadas da aldeia, até chegar ao território que pertencia a ninguém exceto o Grande Rei: a terra dos animais e dos deuses.

Quando o sol nasceu, a luz jorrou no mundo inteiro. O orvalho se transformou numa nuvem de neblina, refletindo o brilho do sol nascente. Eles caminharam ao longo da trilha ensolarada até que o vale se estreitou novamente e as árvores formaram um telhado de sombra acima das suas cabeças. Nikko segurou a lança com mais firmeza.

De repente, Thetis parou. Apontou a montanha no alto, encravada no mundo de pedras e folhagens além das árvores. Nikko prendeu a respiração. Havia um leão da montanha deitado numa pedra, aquecendo-se, dourado como os raios do sol. Ele hesitou. Uma pele de leão era valiosa. Nenhum outro menino da aldeia jamais caçou um leão. Mas tudo que ele já espetara com a lança até então foi uma pele de bode abandonada que apodrecia num galho. Acertar lebres com uma atiradeira não era a mesma coisa que cravar uma lança num leão. Um leão ferido pode atacar... Mas não só isso. O leão parecia ser o rei da floresta, tão cheio de si que podia dormir ao relento.

Ele teve a impressão de que Thetis balançou a cabeça. Ela segurou a sua mão e puxou. Nikko olhou para trás. Distraída, a mãe continuava caminhando. Ele deu um sorriso para Thetis e a seguiu. De súbito, flagrou-se a cantarolar.

A mãe olhou para ele.

– O que é isso?

– Uma música.

– Eu nunca a escutei antes. Quem lhe ensinou?

Ele quis dizer: "O leão. É uma música sobre a sensação de ser bravo e corajoso, e deitar numa pedra ao sol." Mas apenas deu de ombros e respondeu:

– Uma pessoa.

A mãe mordeu o lábio e puxou a mão de Thetis de novo. Ela estava com medo, percebeu Nikko, e não só de sair das terras da aldeia e se aventurar em território desconhecido. Ela temia o que a feiticeira poderia dizer.

Talvez ele as protegesse contra um leão. Mas certas coisas estavam muito além da sua capacidade de ajudar.

Os três seguiram andando. O vale crescia e ficou ainda maior à medida que eles desciam a colina. A areia deixou a trilha esbranquiçada, marcando os pés descalços, apesar de o solo nos canteiros de cevada ser vermelho em ambas as margens. "Por que a terra desnuda parecia tão mais quente que a grama", pensou Nikko, "quase tão quente quanto as pedras?" O sol se elevou mais. As manchas das sombras agora eram uma benção.

Nikko adoraria conversar. Mas conversar com a mãe agora significaria excluir Thetis de certa maneira. Além do mais, o que havia para se dizer?

Outro riacho surgiu, ondulante à luz do sol e mais largo que o da aldeia, com as raízes da grama de cada uma das margens arrancadas pelos animais. Com a cabeça, a mãe apontou na direção do rio. Sentou-se na relva, enquanto Nikko e Thetis mergulharam os pés na água. Comeram pão de cevada amanhecido, já duro, e queijo branco de cabra, macio e aquecido pelo sol. Numa terra de estranhos, sentir o gosto do lar foi reconfortante.

A mãe ficou de pé e limpou as migalhas da túnica. Os três continuaram a andar.

Agora Nikko podia sentir o aroma que exalava das fogueiras nas cozinhas, além do cheiro das cabras. Eles dobraram outra curva na trilha e lá estava a aldeia da bruxa.

Ela era protegida pelo mesmo tipo de paliçada que defendia a aldeia deles – feita de galhos e troncos de árvore presos com couro de bode. O portão estava aberto. Por ele, os três puderam ver as cabanas de lenha espalhadas pela encosta da colina, com telhados de palha em declive iguais ao da sua casa, as mesmas fogueiras nas cozinhas e os mesmos campos de cevada e oliveiras. Foi esquisito ver algo tão familiar e diferente ao mesmo tempo, todas as coisas que ele conhecia, só que nos lugares errados.

As crianças em peles de cabra esfarrapadas olharam atentamente e apontaram os forasteiros, depois saíram correndo aos risos para dentro das cabanas. Os meninos mais velhos observavam sem rir, as mãos nas cinturas como se dissessem: "Este lugar é nosso."

Thetis se aproximou mais da mãe, os olhos atentos a tudo. A mãe baixou o olhar, como convinha a uma mulher recatada sempre que homens de fora da família estivessem por perto. Nikko empinou o queixo. Aqui o homem era ele.

– Qual é a casa da bruxa? – perguntou em voz alta, contente porque a voz não falhou.

O menino mais próximo ergueu os dedos no sinal contra o mau--olhado, depois gesticulou na direção de uma das cabanas, a uma curta distância das outras, sob as sombras da montanha.

Nikko agradeceu com um aceno da cabeça. Pôs-se a caminhar rumo à encosta, a mãe e a irmã atrás dele.

A bruxa estava sentada na soleira da porta, moendo cevada no pilão, mas, ao olhar mais de perto, Nikko percebeu que não eram grãos de cevada, e sim uma coisa verde, amassada até quase virar uma pasta.

A mulher parecia igual a qualquer outra velha da aldeia, ou pelo menos uma que tivesse muitos filhos para sustentá-la, pois seu vestido era de pano, não de pele de cabra, e ela era um tanto robusta também. Mas a cabana parecia apertada demais para uma família e não tinha um curral de cabras.

A mulher os ignorou, com o olhar fixo no pilão, até que eles estivessem praticamente em cima dela, quando então ela levantou a cabeça e sorriu. Chocado, Nikko viu que os seus dentes eram longos e brancos. Ele nunca havia visto uma velha com todos os dentes. Segurou a lança com força. Será que ela havia enfeitiçado um lobo para lhe roubar as presas?

– E quem chega perguntando pela bruxa? – a voz também soou enérgica demais para uma anciã.

A mãe encostou o punho na testa em sinal de respeito.

– Maronis, esposa de Giannis, meu filho Nikoledes e minha filha Thetis, senhora. Humildemente rogamos a sua ajuda.

A feiticeira levantou, exibindo os pés fortes e dilatados pela velhice e o trabalho.

– Sejam bem-vindos – ela replicou formalmente, como qualquer mulher trataria um convidado. Afastou a porta de couro de bode bem talhada e os conduziu para dentro.

Fazia frio na cabana com cheiro de flores, carne defumada e queijos que pendiam da viga no teto. Nikko olhava assombrado. Com tanta comida assim, a bruxa devia ser rica. Um pequeno fogo queimava na lareira, sem força suficiente para que a fumaça subisse pela chaminé ou causasse ardência nos olhos e na garganta.

Banquetas de madeira com cabeças de leão entalhadas orlavam as paredes e uma belíssima pele de urso recobria o estrado da cama. Dois grandes potes de pedra ladeavam a fogueira e outros potes de mantimentos jaziam perto das paredes.

– Sentem-se – a feiticeira acenou com a mão. Curvou-se sobre um dos potes grandes perto do fogo e retirou três copos cheios de uma coisa qualquer, depois tirou alguns pãezinhos de outro pote. – Comam – ordenou. – Nesta casa, não há homens para servir primeiro.

"Eu sou quase um homem", pensou Nikko, "e como com o papai e o Aertes antes da mamãe e da Thetis, como é correto". Mas ele não iria discutir com uma bruxa.

Nikko tomou um gole da bebida. Aquilo tinha sabor de flores, era doce e perfumado. Mas o pão... Ele deu outra mordida. Jamais provou um pão tão gostoso quanto esse antes, adoçado com mel e uvas passas. Ele notou que Thetis estava de olhos arregalados. Ela queria apanhar outro pãozinho. Ergueu o olhar para a bruxa, pedindo permissão.

– Você gosta de pão de mel, não é? Pegue, pegue – a bruxa fitou a garota, que estava embevecida.

Thetis também a encarou ao abocanhar o pão. "Ela parece bastante à vontade", pensou Nikko. De repente, ela abaixou o pão. Apontou para os próprios dentes, em seguida para a bruxa, a cabeça inclinada para um lado e um ar indagador.

A feiticeira riu.

– Ah, como ela é observadora! Gosto disso. E curiosa! Eu também sou observadora, menina. Quer saber como eu conservo os meus dentes? Muitos gostariam de saber, mas não têm coragem de perguntar. Será que eu devo contar o segredo a você?

A mãe estremeceu. Ela parecia prestes a se opor quando Thetis concordou com a cabeça.

A bruxa soltou outra gargalhada.

– Não se preocupe, esposa de Giannis. Não é nenhum feitiço misterioso e sombrio – ela chegou mais para a frente. – São lesmas.

– Lesmas! – Nikko enrubesceu. Ele falou sem querer.

A bruxa balançou a cabeça, sem tirar os olhos de Thetis.

– Toda primavera, quando falta queijo ou leite e a caça é fraca, enquanto o resto da aldeia passa fome, eu cato lesmas perto do riacho. Faço sopa com a carne e trituro as conchas para misturar com a farinha de cevada. Foi algo que a minha mãe me ensinou e que a sua mãe ensinou a ela. É um segredo que eu poderia compartilhar com todo mundo, caso me perguntassem. Assim eles poderiam conservar os dentes também, mesmo quando ficassem tão velhos quanto eu.

Nikko pensou: "Então era simples assim? Todos os feitiços da bruxa eram conhecimentos que podiam ser usados por qualquer pessoa?"

A bruxa espiou a mãe de Nikko.

– E agora você deseja que eu faça a sua filha falar.

A mãe desembrulhou a pele de cabra.

– Eu trouxe um corte de tecido, senhora. É o melhor que eu já fabriquei...

– Tenho certeza que sim – a feiticeira replicou distraída.

Nikko esperava que ela vestisse o avental da Mãe, igual àquele usado pela esposa do chefe quando ela fazia o sacrifício na época do plantio. Mas, em vez disso, ela apenas estendeu o braço, ergueu o queixo de Thetis com dois dedos engordurados e olhou dentro dos seus olhos.

– Você sabe por que ela não fala, esposa de Giannis?

A mãe de Nikko hesitou.

– Quando... quando ela nasceu... o meu marido a levou para a montanha. Foi um inverno ruim, senhora, e a comida era tão escassa... – a voz falhou e ela emudeceu. Nikko tentou lembrar se ela já havia falado do nascimento da filha antes.

A bruxa a fitou com uma expressão séria.

– Então você ofereceu a sua filha à Mãe. Mas como ela está aqui? Um lobo a amamentou ou uma águia a levou para casa voando?

– Nikko – a mãe apontou para ele, a voz tão suave que mal se ouvia. – Ele a trouxe de volta.

– Ah – pela primeira vez, a bruxa olhou diretamente para Nikko. – Então você tomou de volta um presente para a Mãe. Mas a Mãe ficou com parte do presente: a voz da sua irmã.

– Ela não era um presente para a Mãe! – falou Nikko. – Os lobos quase a comeram! Por que deveríamos dar um presente aos lobos?

– É verdade – a feiticeira quase sorriu. – Eu acho que você está certo, garoto. A Mãe não precisa de bebês abandonados à morte na montanha. Então talvez não exista razão para a sua irmã não falar. Menina, qual é mesmo o seu nome? Thetis. Engula – ordenou subitamente.

Thetis engoliu.

– Agora abra a boca. Não, aqui, onde é mais iluminado – a bruxa enfiou dois dedos debaixo da língua de Thetis. – Expire, depois inspire. Levante a língua. Agora coloque para fora – a bruxa tornou a sentar. – Agora feche a boca.

A bruxa permaneceu calada um momento. A cabana caiu em silêncio. Nikko podia ouvir o balido das cabras no alto da montanha e os pombos arrulhando nos campos de cevada. Um vulto passou rapidamente pelas frestas da porta quando um casal de andorinhas deu um rasante para pegar moscas.

A feiticeira olhou para a mãe de Nikko.

– Ela chorava quando era bebê?

A mãe concordou com a cabeça.

– No começo. Mas depois... – ela hesitou. – Foi como se ela tivesse aprendido a não chorar. Eu nunca vi um bebê tão quieto. Era como se – a voz se transformou num sussurro –, às vezes, ela não estivesse ali.

– E ela nunca falou palavra nenhuma? Nenhum som?

Desta vez, ela negou com a cabeça.

– O seu marido, esse tal Giannis, o que ele achou de ver a filha voltar da montanha?

A mãe de Nikko olhou para o chão, sem falar nada.

Enfim, Nikko disse:

– Ele finge que isso nunca aconteceu. Ele não fala com a Thetis. Ninguém fala. Na maior parte do tempo, ele nem olha para ela.

"Nem pra mim", pensou.

A feiticeira se virou e contemplou as fagulhas bruxuleantes do fogo. Por fim, declarou:

– Posso fazê-la falar, se é isso que você deseja.

O rosto da mãe se iluminou como se refletisse o brilho do sol.

– Oh, obrigada, senhora.

A feiticeira estendeu uma das mãos. As suas unhas eram escuras e carcomidas, como conchas de caracol.

– Não me agradeça ainda. Eu disse que posso fazer isso se você desejar. Mas, se você for sábia, deixará as coisas como estão.

A mãe se mostrou perplexa.

– Mas por quê, senhora?

– Porque uma criança que não fala passa despercebida com mais facilidade – a bruxa afirmou simplesmente.

A mãe de Nikko balançou a cabeça.

– As pessoas cochicham sobre ela, senhora. Se ela falar, será igual às outras crianças. Talvez... talvez as pessoas se esqueçam...

– Rá! As pessoas só esquecem as coisas que não desejam lembrar – as palavras soaram macias como queijo fresco, mas fizeram Nikko tremer mesmo assim. – Portanto, esteja avisada, mulher de Giannis.

Ele recordou a noite em que havia levado a irmã de volta para casa. "A bruxa tem razão", pensou, "as pessoas são boas em não ver". Mas a mãe dele estava balançando a cabeça.

– Se ela não falar, nunca terá um marido.

– Rá! Que coisa terrível, não ter um marido. Creia-me, mulher de Giannis, certos homens gostariam mais se suas esposas não falassem. Mas eu admito que talvez eles não percebam isso quando escolhem uma noiva. Muito bem, se é isso que você deseja – ela baixou o olhar para Nikko. – Menino, você quer que a sua irmã fale?

Nikko hesitou. É claro que ele queria. Qualquer coisa que deixasse Thetis mais parecida com as outras meninas devia ser bom. Contudo...

– Se ela deseja isso, eu também desejo – garantiu.

A bruxa olhou para ele satisfeita.

– Que bela resposta, especialmente para um menino – as palavras foram gentis, mas por algum motivo Nikko teve a sensação de que a bruxa não pensava grande coisa dos meninos. Ou dos homens. Ela baixou a cabeça e olhou para Thetis, sentada no banco entalhado, catando as últimas migalhas do pão de mel com o dedo.

– Muito bem – prosseguiu.

Então colocou a mão por dentro do decote do vestido e tirou alguma coisa enrolada em lã. O objeto reluziu na claridade que entrava pela porta, depois brilhou de novo ao refletir a luz do fogo.

– Olhe para isto, criança – disse a bruxa.

Thetis chegou mais perto. Nikko aguçou os olhos. Aquilo parecia um pedaço de pedra, polido até ficar liso. Como um pedaço de pedra poderia enfeitiçar a sua irmã?

A bruxa girou a pedra entre os dedos, sem parar. Thetis arregalou os olhos, vidrados e sem piscar, enquanto a pedra brilhava incessantemente.

– O escuro da noite tomou a sua voz – a bruxa falou baixinho. – Agora a luz a devolverá. Você vai falar agora. Mas, se um dia você preferir o silêncio definitivo, ele será seu.

A feiticeira fechou os olhos por um segundo, o rosto impassível. "Quase como se estivesse orando", pensou Nikko, "ou suplicando à Mãe". Por que Thetis algum dia desejaria ser muda?

A bruxa enfiou a pedra de volta no vestido.

– Pronto.

Thetis piscou. Em seguida, espiou a cabana, como se houvesse esquecido onde estava.

– E então? – a voz da mãe soou trêmula. – Você pode falar comigo?

Thetis consentiu com a cabeça.

– Eu posso falar.

A voz soou normal. "Como se nada de importante tivesse acontecido", pensou Nikko, surpreso.

A mãe soltou um grito agudo e tomou Thetis nos braços. Thetis a abraçou com modos, depois olhou de volta para a bruxa.

– Posso comer outro pão de mel?

Nikko sentiu um sorriso se alastrar pelo rosto. A voz de Thetis era leve e dançante como a borboleta. A bruxa sorriu, uma ponta de alívio no rosto.

– Essas foram ótimas primeiras palavras para qualquer criança. Sim, pode pegar outro pão de mel.

Thetis estendeu a mão para apanhá-lo.

– Estes pães são ótimos. A mamãe não consegue fazer pães tão bons quanto estes. O papai manda usar todas as nossas uvas para fazer vinho. As pessoas dão mel para você?

"A voz soa como se ela falasse desde sempre", pensou Nikko, admirado.

– Sim, criança. Em troca da minha ajuda – respondeu a bruxa.

Thetis se acomodou no colo da mãe, mordiscando o pão, a única entre eles que não parecia impressionada com o que aconteceu.

– Se você lhes ensinasse a se virar sozinhos, eles não lhe dariam o mel.

A feiticeira a encarou.

– Não – ergueu o olhar para Maronis, cujo rosto ficou marejado de lágrimas ao fitar a filha, a sua filha falante. – Você tem uma criança que fala a verdade. Ter uma filha que fala a verdade não é fácil, mulher de Giannis.

– Eu prefiro que ela fale a verdade – a mãe enxugou as lágrimas, soando ainda mais espantada.

– Rá! – a bruxa riu, mostrando novamente os seus saudáveis dentes brancos. – A maioria das pessoas esconde a verdade debaixo do tapete, onde não precisam vê-la – ela balançou a cabeça. – Eu notei que ela era observadora. Mas uma pessoa observadora que fala a verdade... Não sei se eu a teria ajudado a falar se soubesse disso.

A mãe de Nikko piscou.

– Thetis observa tudo. Nenhuma criança aprende tão depressa quanto ela – havia uma ponta de orgulho desesperado na voz dela.

– Eu gosto de observar – afirmou Thetis, ainda de maneira natural. – A gente aprende coisas quando observa. Eu vi a mulher do chefe colher azeitonas das árvores dos vizinhos. Vi os machucados quando o chefe bateu nela. A filha deles tinha machucados idênticos.

O rosto da bruxa permaneceu absolutamente impassível.

– O que você descobriu sobre mim enquanto me observava, criança?

Thetis pareceu pensar um instante, ainda mastigando o pão. No silêncio, Nikko podia ouvir os arrulhos dos pombos lá fora e os gritos dos meninos que tentavam acertá-los com os estilingues.

– Não há lanças na entrada e apenas uma coberta na sua cama – Nikko respondeu sem hesitar, pois o silêncio se tornou incômodo. – Eu acho que você não tem marido nem filhos. Não acho que você goste muito de homens – acrescentou.

A feiticeira olhou pra ele, o rosto inexpressivo.

– Ora, você também observa, não é? Mas você não vê a verdade. Então, menina? O que o seu irmão diz está correto?

Thetis balançou a cabeça com veemência.

– Não. Eu acho que você tinha um marido. Talvez tivesse um filho também. Mas os dois morreram.

Os dedos ossudos da bruxa ficaram brancos quando ela agarrou os joelhos.

– Como você sabe disso?

– As pessoas daqui não gostam de você. Elas lhe dão queijo e grãos, mas não dariam uma pele de urso bonita como aquela. Então o seu marido ou filho devem tê-lo caçado.

A bruxa quase esboçou um sorriso.

– Não é exatamente a verdade. Mas chegou bem perto. O urso matou o meu marido e o meu filho. Os outros caçadores o pegaram e trouxeram a sua pele de volta para mim, com os corpos dos dois. Quando durmo com ela, posso me lembrar deles. Só um homem arriscaria a vida por uma simples pele de urso. Eu também me lembro disso quando deito aquecida debaixo da pele. O que mais você vê?

Thetis pensou.

– Não acho que você queira um marido agora. Você deixou o seu cabelo ficar todo embaraçado e você é fedorenta. A mamãe diz que se a gente quer arrumar um marido deve cheirar bem e trançar o cabelo.

– Thetis...

A feiticeira soltou uma estrondosa gargalhada.

– Não, deixe-a falar. Por que eu deveria querer outro marido, criança? Um homem para me dizer o que fazer, à espera de que eu lhe sirva pão de cevada e aguarde as migalhas quando ele terminar? Por que eu deveria querer outro filho? Uns poucos anos de alegria e depois uma vida inteira de saudade e sofrimento – ela sorriu, mas foi mais o sorriso de um lobo do que o de uma mulher, os estranhos dentes fortes em contraste com o rosto enrugado. – O que mais?

– Acho que você também não gosta das pessoas desta aldeia. Acho que você tem o mesmo cheiro da velha Antígona antes de morrer, o que significa que você tem dor aqui e aqui – ela tocou o estômago e depois as costas – e que também morrerá em breve...

– Thetis! Fique quieta! – a mãe a segurou com mais força, abafando a voz dela junto ao peito. – Senhora, minhas desculpas. Ela não sabe o que diz.

– Ah, ela sabe sim – falou a bruxa. – Ela sabe exatamente o que diz. Ela observa e fala a verdade.

Sorriu de novo, mas desta vez o sorriso era irônico.

– Acho que você não deveria se arrepender tão depressa pela voz da sua filha.

Sobressaltada, a mãe pigarreou. Parou de apertar a menina. Thetis olhou para ela e para a bruxa, agora meio desconfiada.

– Pois bem, criança – disse a bruxa novamente.

"É como se ela e Thetis estivessem sozinhas", Nikko deduziu de repente. "Como se a mamãe e eu houvéssemos desaparecido."

– Você acertou quase tudo. Eu não gosto da maioria das pessoas. Elas são estúpidas, mas não é por isso que eu não gosto delas. Não gosto delas porque elas amam a sua própria estupidez, porque não querem saber. A maioria das pessoas prefere as mentiras em vez da verdade. As mentiras são muito mais simples de entender. A magia é mais fácil do que o trabalho duro de moer as conchas de caracol. Quanto ao resto... sim, eu estou morrendo – o sorriso deu lugar a outra risada.

"Ela está se divertindo com isso", pensou Nikko.

– Todos nós estamos morrendo, mas eu morrerei primeiro. Porém, você errou quanto à dor. Existem flores no alto da montanha que aliviam a minha dor.

Ela ficou em silêncio um momento, depois ergueu o olhar para a mãe deles.

– Se você deixar a sua filha comigo, eu ensinarei a ela tudo o que sei... ou tudo o que puder ensinar antes de morrer.

– Eu... – balbuciou a mãe, mas foi interrompida pela voz alta e clara de Thetis.

— Você me quer aqui para ajudá-la quando estiver fraca, porque não pode contar com o povo da aldeia.

— Rá! — a feiticeira deu um tapa no joelho. — Retiro a minha oferta. Quero que os meus últimos meses sejam tranquilos, sem a intromissão de uma criança que tanto vê quanto fala a verdade — balançou a cabeça. — Se eu soubesse... — espiou a montanha pela porta aberta. — Mas só a Mãe sabe tudo. Só a Mãe pode ser realmente sábia.

Maronis se levantou depressa. A alegria no rosto dela foi substituída pela incerteza.

— Nós temos que ir. Eu jamais serei capaz de lhe agradecer devidamente, senhora. O tecido... é uma coisa tão insignificante em comparação a tamanha dádiva.

— Apenas não me culpe, é tudo o que eu peço. Mas aceitarei o tecido. Parece macio e gostei da cor.

— Eu coloco flores de calêndula no pote de urina quando tinjo pelos de cabras brancas, por isso fica dourado.

— Rá! A sua filha está certa. Quando contamos os nossos segredos não ganhamos o mel. Mas obrigada.

— Você tem outro segredo para contar agora — Thetis terminou o pão de mel e explorou a cabana com os olhos. — Esse pote é bonito. Tem cabras nele. Quem deu a você? A mulher do chefe tinha um pote igual a esse, mas o dela mostrava meninas brincando com uma bola. Veio de Micenas. Os cobradores de impostos deram a ela. Foram eles que lhe deram este?

— Vão — disse a bruxa —, antes que a criança veja mais alguma coisa e conte ao mundo. E já estará escuro quando vocês voltarem, caso não partam logo — completou.

— Claro, senhora. E obrigada. Obrigada, obrigada.

— A senhora quer que eu vá embora antes que eu peça outro pão de mel — disse Thetis. Ela sorriu para Nikko e ele sentiu um aperto no coração. — Nikko, você pode me carregar nos ombros, para eu virar uma borboleta outra vez?

Capítulo 3

Os cobradores de impostos do Grande Rei chegaram acompanhados das primeiras sombras púrpuras do outono. Eles sempre vinham nessa época: quando a cevada moída estava nos vasos; as uvas, secando nas treliças de madeira; as azeitonas, amassadas ou conservadas em água com cinza para o inverno; e as cabras ainda estavam gordas dos pastos de verão. Todo ano, os cobradores de impostos recolhiam um décimo da produção, para levar ao Grande Rei em Micenas.

Foi um verão rigoroso. O sol ardia em chamas já desde cedo, derretendo toda a neve e secando o riacho da aldeia. As mulheres precisaram carregar água da fonte do alto do penhasco. As cabras tinham que ser levadas lá para cima duas vezes por dia para beber. As nuvens se acumularam, cinzentas e carregadas, mas a chuva se recusou a cair, então a cevada murchou antes que as cabeças das sementes engordassem. E até as melhores cabras se mostravam estéreis.

Na primavera, a mulher do chefe vestiu o avental sagrado e sacrificou um pombo na pedra da Mãe Terra. Como não adiantou, o chefe até ofereceu um filhote de uma das próprias cabras em sacrifício. O cabritinho seguiu de bom grado para a matança, permanecendo ajoelhado na placa até ter o pescoço cortado. O sangue jorrou da garganta, vermelho vivo, contrastando com as manchas negras na pedra. Era o melhor dos presságios.

Mas não choveu.

A velha mulher resmungou que, na época dos seus tataravós, eles sacrificariam uma pessoa em vez de um simples cabrito. Um sacrifício humano traria a chuva. Mas não se via uma grande seca há tantos anos que o antigo costume foi abandonado. Sem dúvida, seria necessário mais do que um cabritinho para fazer o céu chorar. Às vezes, Nikko sentia os olhares arderem sobre ele ou Thetis. Ele tinha medo de o que mais eles poderiam estar cochichando. Mas o chefe da aldeia ignorava os resmungos.

E mesmo assim não chovia.

A cabana cheirava a comida no fogo e lama fresca. Thetis e a mãe vedaram os buracos entre os galhos que formavam as paredes, para evitar as correntes de ar no inverno.

O pai de Nikko deu uma espiada nas paredes e nos jarros que guardavam a safra de cevada da família e catou um piolho ao coçar por baixo da barba. Naquela noite, ele e os filhos comeriam bem, pois Aertes e os amigos haviam caçado uma javalina gigante. O caldo da porção de carne de Aertes escorria do espeto lá fora e fazia o fogo chiar.

– Vamos nos empanturrar enquanto podemos – resmungou o pai, segurando o piolho nos dedos e atirando-o na fogueira. – Provavelmente viveremos à base de pinhas e bolotas no ápice do inverno e passaremos fome na primavera.

Sentada no leito, onde ela e a mãe serviam pão ou qualquer outra coisa que os homens pedissem e aguardavam os restos do jantar, Thetis ergueu os olhos. Ela era pequena para uma criança de cinco anos, os pulsos quase tão finos quanto ossos de pardal.

– A mamãe e eu talvez morreremos de fome. Mas vocês comerão.

– Shh – a mãe fitou o pai preocupada. Mas ele ignorou o comentário, como ignorou tudo o que Thetis falou durante o verão inteiro, desde a noite em que eles retornaram da casa da bruxa. "Exatamente como a ignorou na noite em que eu a trouxe de volta para casa", lembrou Nikko. "Quando não consegue evitar alguma coisa, ele finge que ela não existe."

– A carne de porco tem um cheiro diferente da carne de cabra – observou Thetis. – Eu consigo farejar o lugar onde o Aertes fez pipi depois de comer carne de porco. E, sabem, o Aertes tem uma espinha no traseiro. Está toda vermelha e inchada. Eu vi quando ele levantou a toga da última vez que fez pipi.

Aertes cerrou os dedos em torno da caneca. Mas ele também nem olhou na direção da irmã.

O pai se levantou abruptamente e limpou a gordura das mãos nas peles de cabra. Acenou para Aertes com a cabeça.

– Venha. O chefe convocou uma reunião – ele não olhou para a esposa e tampouco para a filha antes de rumar para a porta. Aertes o seguiu.

Nikko hesitou. Ninguém havia lhe mencionado o compromisso até então. Reuniões eram para homens, não mulheres ou crianças. Aos dez, quase onze, ele não era um homem e nem uma criança. O pai não o convidou para ir à reunião, mas não lhe ordenou que não fosse. Ele tomou uma decisão repentina e acompanhou os dois porta afora.

O pai o encarou quando ele os alcançou. Por um minuto, Nikko pensou que ele o mandaria voltar para casa. Mas ele apenas resmungou. E soou quase satisfeito.

Os homens da aldeia se reuniram na cabana do chefe. Era a maior cabana do povoado – dois cômodos, em vez de um – e o piso duro de terra era coberto por um tapete feito à mão. A esposa e as filhas do chefe trouxeram canecas de vinho misturado com água – este ano, muito mais água do que vinho, pois as uvas também haviam sido escassas.

Do lado de fora, as sombras vespertinas se tornaram mais densas. O sol se punha numa nuvem de poeira vermelha.

O chefe estendeu a mão para pedir silêncio. Ele era um homem de baixa estatura, com rosto fino, mas conseguia rastrear um porco selvagem quando nem os cães eram capazes de farejá-lo, e abater o animal com duas estocadas de lança.

– As andorinhas começaram a debandar e as folhas estão cada vez mais retorcidas. Quando as folhas secam, os homens dos impostos do Grande Rei não estão muito longe. Mas, se nós entregarmos um décimo da colheita deste ano ao Rei, morreremos de fome.

– Sonegar impostos ao Grande Rei significa a morte – alguém lembrou.

O chefe concordou com a cabeça.

– Barrigas vazias também matam. Eu proponho que deixemos as

melhores cabras no alto da montanha até os homens dos impostos partirem, e escondamos um terço da cevada na caverna perto do poço.

– Deveríamos esconder mais – afirmou Aertes. – Por que temos que passar fome enquanto o Grande Rei se empanturra?

O chefe coçou a barriga. O ano de seca trouxe uma infestação de moscas e piolhos.

– Rá! Esse é um jovem ingênuo que banca o valente antes de ver a batalha. Se escondermos coisas demais, os homens dos impostos suspeitarão – o chefe olhou ao redor da sala. – Devemos ser cuidadosos. Não deixem que as crianças saibam o que vocês estão fazendo, caso elas falem quando não deveriam.

Cautelosamente, o seu olhar evitou Giannis e os filhos ao acrescentar:

– Se uma única pessoa nos denunciar, um membro de cada família será morto pelas espadas do Grande Rei.

Nikko fechou os olhos. Thetis perceberia que a cevada havia sido levada para a caverna e que as cabras haviam sumido. "Mas, talvez", pensou, "os homens dos impostos nem se dessem o trabalho de conversar com uma garota". Não com uma tão nova quanto Thetis.

Seguiu-se uma discussão. Sempre acontecia isso quando era preciso decidir qualquer coisa na aldeia. Brigar tornava a vida mais interessante, e o que mais lhes restaria a fazer quando já era quase de noite, tarde demais para caçar? Porém, Nikko percebeu que a reunião terminaria em acordo. Até ele conseguia recordar o terrível inverno do ano anterior ao nascimento de Thetis, quando tudo que os caçadores traziam eram lobos tão magros e famintos quanto eles próprios, e as mulheres moíam bolotas de carvalho para fazer farinha. Os avós dele morreram naquele inverno, assim como muitas crianças da aldeia.

Nikko voltou à realidade. Eles devem ter chegado a uma decisão enquanto ele pensava distraído, porque os homens estavam de pé. Ele se levantou num salto e seguiu o pai e Aertes até a saída, pisando forte no ar frio de outono. A noite se abateu sobre o povoado. A primeira estrela brilhante reluziu no oeste. A Lua ainda não tinha nascido, mas a aldeia era tão familiar que todos encontrariam o caminho de volta para casa no escuro.

O pai de Nikko olhou para ele.

– Leve as melhores cabras para o topo da montanha amanhã, logo que clarear – ordenou, ríspido. – Chifre Torto, Bunduda, Orelha Preta e os filhotes. Fique longe dos outros meninos com cabras. Rebanhos menores chamarão menos atenção do que os grandes. Aertes vai buscar você quando for seguro trazê-los de volta.

Nikko concordou. Sabia que o escolheriam para levar as cabras. Isso significava perder o banquete. Cada convidado costumava receber o que a aldeia tinha de melhor, mesmo convidados indesejáveis, como os homens do Grande Rei.

O pai agora olhava para a frente, não para Nikko.

– E leve a sua irmã junto.

Nikko o fitou. O pai tinha razão. Esse seria o único meio de manter a aldeia realmente em segurança. Umas poucas palavras de Thetis poderiam significar a morte do povoado inteiro.

– Sim, pai – sentiu-se grato por não precisar proferir a verdade em voz alta.

Capítulo 4

– Aonde nós vamos? – Thetis saltitava adiante, de pedra em pedra, as pernas morenas sob a túnica curta de pele de cabra, quase tão ágil quanto os cabritos.

"Pelo menos as cabras paravam para comer as folhas dos arbustos", pensou Nikko. Seus dentes amarelos arrancavam todos os galhos e tufos, como se soubessem que o inverno seco estava a caminho.

– A um lugar.

– Foi isso que você disse antes! Onde fica esse lugar?

– Você vai ver.

– E por que estamos indo para lá?

– Porque sim.

"Quanto menos Thetis soubesse, mais seguros estariam todos", ponderou Nikko, enquanto ela cutucava Orelha Preta com a ponta da lança dele para fazê-la acompanhar as demais. A cabra soltou um "mé" indignado e saltou para longe, o úbere balançando debaixo do corpo.

– É por causa da reunião de ontem à noite?

– Isso é assunto de homem, não de menininhas.

Nikko imaginou o quanto ela já não teria descoberto, ouvindo os pais cochicharem à noite, talvez, ou... ele balançou a cabeça. Quem sabe o que Thetis podia ter notado?

– Por que os homens cuidam de todos os problemas e as meninas não? – Nikko ficou aliviado por Thetis não esperar uma resposta. – Você reparou que as andorinhas voaram para longe? Eu gosto de pastorear as cabras – acrescentou. – Você me leva para sair com as cabras de novo, mesmo sem reunião nenhuma? Não é justo que só os meninos possam vigiar as cabras. Por que os meninos não moem a cevada? Por que eles não cavam os canteiros?

— Isso é trabalho de mulher. As outras meninas não ligam.

— Como você sabe? — ela parou de repente e se equilibrou num pé só, como uma garça sobre a rocha. — Você está zangado comigo, Nikko?

Ele se obrigou a sorrir.

— Não.

— Você anda preocupado. É por minha causa?

Negar não seria sensato. Não para a Thetis.

— Sim, Thetis... às vezes, você fala coisas que não deveriam ser ditas.

— Eu sei — concordou Thetis. — Você me contou. A mamãe também. O papai resmunga e olha para o outro lado quando eu falo. Eu também reparei isso nos rostos das pessoas. E o Aertes me bate quando ninguém está vendo... no ombro, onde ninguém notará a marca. Nikko, por que aparecem marcas depois que alguém bate na gente? Por que elas pioram em vez de aparecer na mesma hora?

— Por que você não me contou que ele bate em você? — Nikko ficou vermelho de raiva, ignorando as perguntas. A maioria das perguntas de Thetis não tinha resposta, afinal de contas.

Thetis saltou para cima de outra pedra, equilibrou-se numa perna e rodopiou.

— Porque você bateria no Aertes. Depois ele bateria em você. Ele é maior que você. Você ficaria machucado e com vontade de chorar. Você não gosta de chorar na frente dos outros.

Nikko sentiu um aperto no coração, como se o houvessem mergulhado em águas congelantes.

— Thetis... tente não magoar as pessoas ao falar. É só isso. A velha Sesteta ficou magoada quando você disse que a verruga dela parecia um sapo-boi.

Thetis dançou até a pedra seguinte, agitando os braços como se estivesse voando.

— Mas parece mesmo um sapo-boi. E, quando ela espirra, parece que ele vai pular. Eu não quero magoar. Apenas digo o que vejo, mais nada — ela o encarou, séria. — Nikko, como a gente impede que certas palavras saiam?

Desarmado, ele deu de ombros.

– Eu não sei. Isso apenas acontece, naturalmente.

– Não comigo, Nikko. Posso montar um bode?

– Não. Você cairia.

– Ah. Nikko?

– Sim?

– Eu não consigo evitar, sabe? – admitiu Thetis.

A raiva passou. De repente, ela soou mais velha, talvez tão velha quanto as pedras.

Thetis fitou Nikko, o olhar firme.

– Quando eu abro a boca, as palavras simplesmente saem... As mesmas coisas que estou pensando. Não consigo evitar que escapem, por mais que eu me esforce – ela hesitou. – Você acha que eu sou amaldiçoada, Nikko? Acha que é por isso que não consigo controlar o que eu digo?

– Não!

Thetis saltou da pedra e se agachou para colher um ramo de orégano seco, desviando o rosto dele cautelosamente.

– Eu acho... acho que as outras pessoas pensam as mesmas coisas que eu, às vezes. Só que elas não falam – comentou a menina.

Nikko balançou a cabeça.

– A maioria das pessoas não enxerga tanto quanto você. Ou não pensa tanto assim, talvez.

– Você enxerga as coisas – retrucou Thetis. – Coisas sobre as quais não fala. Mas você consegue fingir que as coisas não aconteceram. Como quando o papai lhe bateu e disse que nenhuma garota daria um dote para se casar com você.

As palavras pareceram pequenas adagas. Ele precisava detê-las.

– Thetis, você poderia tentar fazer algo por mim? Por favor?

– Sim.

– Caso encontremos os homens do Grande Rei, promete não falar com eles? Ou mesmo não falar nada até os homens do Rei partirem. Seria mais seguro. Se você não consegue evitar certas palavras, evite todas, só até os homens do Rei partirem. Acha que consegue fazer isso?

Thetis pensou um momento, a cabeça pendida para um lado como uma cambaxirra.

– Acho que sim – respondeu, afinal. – Se eu vir um dos homens do Rei, ficarei de boca bem fechada, como se ela estivesse cheia de pão e eu não quisesse cuspi-lo para fora. Os homens do Rei usam aquelas saias de couro brilhante, não usam? Com cinturões apertados e penduricalhos nas orelhas.

Ela pulou outra pedra, depois subiu na maior de todas e concluiu:

– Talvez seja melhor eu ficar de boca calada na frente de qualquer desconhecido, se ele for um dos homens do Grande Rei. Talvez os homens do Grande Rei tenham roupas diferentes para usar em ocasiões diferentes, assim como a mulher do chefe tem o xale vermelho.

Nikko concordou.

– Thetis, seria bom se você pudesse fazer isso, aprender a ficar de boca bem fechada às vezes, tão fechada que não consiga falar. Muito bom mesmo.

Thetis desviou o olhar na direção da imensidão verde do vale.

– Acho que era melhor quando eu não falava nada.

– Não! – ele saltou sobre a rocha onde ela estava e a abraçou. – Nunca diga isso.

– Tudo bem. Então você não está zangado mesmo?

– Não. Com você, jamais.

Ela sorriu de súbito, e seu sorriso era como o sol brilhando por entre as árvores.

– Você pode me fazer virar uma borboleta então?

Nikko sorriu de volta e concordou com a cabeça. Ela pulou, leve como uma nuvem. Ele a pegou e a ergueu nos ombros. Thetis ficou montada ali um instante, depois se ergueu, agitando os braços como a borboleta.

– Voe você também – convidou ela.

Nikko riu.

– Você vai cair se eu agitar os braços.

– Não, não vou. Eu estou segura aqui em cima.

– E se houver um terremoto?

Ela franziu a testa um segundo.

– Acho que todos os passarinhos voariam para longe se um grande terremoto estivesse a caminho. As cabras também fariam "mé". Os animais fazem coisas engraçadas antes de a terra tremer. Você sabe por quê, Nikko?

Nikko balançou a cabeça.

Thetis continuou:

– Acho que eu continuarei a salvo, mesmo em caso de terremoto. Você me seguraria depressa, porque você me ama.

Ela soou tão serena e tão confiante... "e ela tinha razão", pensou Nikko. Mesmo se a encosta da montanha se abrisse, ele nunca a deixaria cair.

– Só um pouco, então – ele soltou os tornozelos dela, pronto para segurá-la caso ela se desequilibrasse, e abriu os braços. – Tudo certo?

– Claro! Agora voe e cante também. A música da borboleta que você cantou aquele dia!

Passaram-se meses desde que ele inventou tal canção. Nikko não imaginava que alguém tivesse ouvido. Mas Thetis prestava atenção em tudo.

Ele agitou os braços como asas, devagar e com cuidado, para cima e para baixo, e começou a cantar. Era uma música sem palavras, pois as borboletas não falam, apenas dançam. Agora Nikko mal podia sentir os pés de Thetis nos seus ombros.

Ele olhou para cima. No alto pairava uma águia. Por um momento, pareceu que ela também havia se unido a eles na dança: o pássaro, a luz do sol e o vento, como se todos tivessem virado borboleta juntos.

As cabras espiaram os dois. A luz do sol resplandecia por entre os espinheiros. O vento afagava o rosto de Nikko, como se também estivesse cantando. Por um instante, Nikko sentiu que fazia parte de tudo aquilo – vento, rochas, luz solar. Ele era a terra, cantando a sua força, e Thetis era a borboleta, dançando no alto, os seus pezinhos firmes nos ombros dele enquanto ela oscilava de acordo com a luz.

– Ora.

A música se interrompeu. Não só a canção, mas a música dentro da cabeça dele. Até o vento aparentou cessar de repente. Nikko segurou os tornozelos de Thetis com firmeza, encarando o desconhecido.

O forasteiro também encarava os dois. "Como se tivéssemos feito algo extraordinário", pensou Nikko. "Estamos apenas brincando juntos".

O homem era baixo e magro, franzino como o junco do riacho, e aparentava ser tão flexível quanto um. Nikko estava acostumado com homens de pernas e braços musculosos, mas esse sujeito parecia forte, sem qualquer músculo saliente.

Como os homens do Grande Rei, ele vestia uma toga de couro escuro polido e brilhante como as águas de um lago, com um cinturão apertado, para deixar o corpo com um aspecto elegante. Mas os homens do Grande Rei que Nikko já vira usavam casacos de couro sem mangas, que deixavam os braços livres para lutar. Eles portavam espadas e tinham cicatrizes nos braços.

Esse homem estava de peito nu. Devia ter a idade do pai deles, mas não tinha nenhum pelo no peito, nem nos braços ou nas pernas. A sua pele reluzia como um vaso besuntado com azeite. O cabelo e a barba eram escuros e luzidios – "estranhamente negros", observou Nikko, pois o homem devia ser mais velho que o pai dele, mas não tinha qualquer indício de fios grisalhos. A barba cacheada era curta, e inusualmente limpa nas pontas. As trancinhas do cabelo saltitavam, enfeitadas com pedras miúdas e cintilantes à luz do sol. Mais pedras reluziam nos lóbulos das orelhas, nos pulsos e nos tornozelos, e também num colar de ouro comprido. As mãos se encontravam vazias: ele não tinha uma lança de caça ou uma faca.

Nikko nunca tinha visto ouro antes, mas sabia que era semelhante a um raio de sol aprisionado numa pedra. Que tipo de homem usaria tanto ouro? Que tipo de homem passearia pelas montanhas desarmado?

O desconhecido continuava encarando os dois, a boca aberta. De repente, ele sorriu. Foi um sorriso esquisito, como se houvesse ensaiado muitos sorrisos e escolhido um para usar hoje.

– Vocês estão tentando roubar o meu aplauso? – a voz soou alta e clara.

– Eu... eu lamento. Não entendi – Nikko ergueu os braços e colocou Thetis no chão. Ela fitou o homem, depois olhou para o irmão. Fechou a boca com muita força, como se os lábios estivessem costurados um ao outro.

"Ela está tentando ficar quieta", concluiu Nikko. Esse sujeito coberto de ouro e couro polido só podia ser um emissário do Grande Rei. Porque certamente não era nenhum soldado cobrador de impostos.

– O seu número artístico. Com a sua... irmã, não é?

Nikko confirmou.

– Nós só estávamos brincando.

O estranho balançou a cabeça.

– Um jeito interessante de brincar. Foi lindo, garoto. Eu já vi muitas coisas bonitas na vida, mas nada tão bonito assim. Perdoe-me. Sou Orkestres, filho de Diamonedes, acrobata de Atreu, filho de Pélope, Grande Rei de Micenas, senhor de todas as terras. Com exceção do Egito, lógico, e de Creta, Tessália e Hiperbórea. Mas essas nós nunca mencionamos no palácio.

Nikko olhou fixo para ele, tentando recuperar a voz. Ele nunca havia falado com um homem do Grande Rei antes. Esse homem já viu o palácio, viu o Rei. Viu até o mar!

– Eu sou Nikoledes, filho de Giannis – Nikko ficou contente por sua voz soar firme. – E esta é a minha irmã, Thetis. Senhor, o que é um acrobata?

– Ora, você e a sua irmã estavam brincando disso – Orkestres notou que ele não entendeu. – Isto – acrescentou, bem-humorado, girando o corpo girou no ar, leve como uma folha. De repente, ele estava apoiado nas mãos e não nos pés.

Thetis engasgou, depois tornou a fechar os lábios com força.

Orkestres deu uns dois passos com as mãos, depois girou o corpo de novo, uma vez atrás da outra. "Ele rodopia no ar como uma bola de grama", pensou Nikko, admirado. O homem ficava imóvel novamente por uma fração de segundo. E então seu corpo girava, tão depressa que era impossível acompanhar. Mas, quando Nikko piscou, ele se transformou numa forma diferente, uma forma impossível, curvado para trás de modo que as suas mãos alcançavam os seus tornozelos.

Ele se pôs de pé, nem um pouco ofegante, e sorriu para os irmãos. Agora foi um sorriso de divertimento. "Ele sabe que nunca vimos nada parecido", presumiu Nikko. "E sabe o quanto ele próprio é maravilhoso".

– Então? – indagou Orkestres.

– É... é fantástico, senhor.

Orkestres se curvou.

– Ser fantástico é o meu ofício.

– Para o Grande Rei?

O rosto de Orkestres se anuviou.

– Sim, para ele. E para reis menos poderosos, homens que o Grande Rei deseja agradar ou homenagear. Às vezes, até para uma aldeia como a de vocês, para dar alegria às pessoas e fazer com que elas não pensem tanto no pagamento dos impostos, especialmente num ano como este. Foi um ano ruim, não foi?

– Como você sabe disso?

O acrobata riu.

– Não é só na sua aldeia que chove e faz sol, sabia? Foi um ano ruim para todo mundo. É por isso que o Rei precisa dos tributos – explicou, baixinho. – O que Micenas vai comer sem os impostos? Porém, misteriosamente, cada aldeia que visitamos esqueceu onde guardaram os grãos, as cabras. Portanto, quando chegamos a uma aldeia agora, nós nos separamos e damos uma volta pelos arredores para ver o que conseguimos encontrar – Orkestres apontou as cabras, que já pastavam a caminho do topo da montanha. – Iguais a essas. Será que você não acha melhor fazê-las dar a volta? Seria uma pena não contar essas junto com as outras, hein?

Paralisado, Nikko consentiu.

– E na descida nós poderemos ter uma conversinha sobre onde a sua aldeia resolveu esconder a cevada. Embora eu suspeite – acrescentou Orkestres – que os soldados já tenham encontrado.

Capítulo 5

O chefe ficou branco quando as cabras da aldeia foram conduzidas para os vãos entre as casas. O pai de Nikko era um dos homens que carregavam os jarros de cevada de volta. "Eles deviam ter acabado de levá-los para a caverna quando os homens do Rei ordenaram que os trouxessem de volta", concluiu Nikko, unindo-se ao resto dos meninos para impedir que as cabras agrupadas tentassem fugir e correr de volta para a montanha.

O pai lhe lançou um olhar de raiva e frustração.

Três homens do Rei inspecionaram as cabras, escolhendo uma e depois outra para incluir no pequeno cercado próximo à casa do chefe da aldeia. Nikko imaginou onde estariam os tributos de todas as outras cidades. Será que já haviam sido levados para Micenas?

Orkestres se sentou num dos bancos de madeira do chefe. Agora ele não parecia nada interessado nas cabras ou nos jarros de grãos; em vez disso, observava a cabra que assava num espeto; as mulheres junto às fogueiras do lado de fora das cabanas, mexendo panelas com cevada e ervas; ou o pão de cevada que adquiria uma coloração marrom nos fornos de pedra.

De repente, Nikko percebeu o que Orkestres fazia. "Ele está sendo admirado", pensou. É o trabalho dele. As mulheres olhavam fixamente para as suas roupas e joias, os seus músculos e a cintura fina sob o cinturão de ouro, e os homens o contemplavam porque ele era um forasteiro. E isso não os deixava pensar naquilo que estavam perdendo – um pouquinho, aqui e ali.

E talvez a sua própria estranheza os levasse a se lembrar do poder do Grande Rei, tanto quanto as lanças e espadas dos guardas.

Alguém puxou o braço dele. Nikko olhou para baixo. Era Thetis.

– O que você está fazendo aqui? "Ela deveria estar com a mamãe", pensou ele, "moendo mais cevada para o pão, e longe das vistas".

Thetis apontou os próprios lábios, ainda fechados com firmeza. Nikko quase sorriu. Então ela estava mantendo a promessa de não falar. Agora era meio tarde para se preocupar com o segredo que ela poderia deixar escapar, mas ele ficou contente por Thetis ter aprendido a ficar quieta. Ela lhe deu outro puxão no braço e apontou para Orkestres. Ele percebeu os olhares. Sorriu rapidamente e ergueu uma das mãos para acenar para eles.

Orkestres estava distraído massageando os joelhos, como se sentisse dor. "Mas é certo que ele não poderia ter a doença dolorosa", deduziu Nikko. Só gente velha tinha aquilo. As pessoas com a doença dolorosa eram todas duras também, não faziam poses de contorcionista nem saltavam com as palmas das mãos.

O acrobata se separou deles quando os dois voltaram para a aldeia. A maioria dos outros garotos e suas cabras já havia chegado quando ele e Thetis retornaram. "Ou é possível", pensou Nikko, "que eles nem tenham tido tempo de partir". Os homens do Grande Rei devem ter acampado logo além do povoado para pegá-los desprevenidos tão logo amanhecesse.

Nikko se virou para ver os homens dos impostos. Eles escolheram Orelha Preta e seus filhotes e os juntaram às demais cabras no cercado. Um dos homens segurava uma grande sacola de couro aberta. Enquanto Nikko assistia, o chefe esvaziou um jarro de cevada dentro dela, e depois outro e mais outro. Havia meia dúzia de pôneis amarrados logo em frente à casa do chefe, ruminando entretidos uma pilha de feno que acabou de secar. Os homens do Grande Rei eram as únicas pessoas que ele já tinha visto com pôneis. Seria maravilhoso montar um pônei, imaginou. Quase tão maravilhoso quanto tocar o mar...

– Você! – Nikko acordou do devaneio bruscamente. O pai o agarrou pelo braço. – Muito amigo dos homens do Rei, não é?

– Eu... nós...

O pai não deixou que ele terminasse.

– Eu devia ter adivinhado. Venha comigo. Já. E você também – ele agarrou Thetis com a outra mão. Thetis soltou um gritinho de dor, mas não disse nada.

Foi a primeira vez que o pai a tocou, desde que Nikko era capaz de se lembrar.

Ele tentou fingir que não havia nada de errado enquanto o pai empurrava os dois em direção à cabana. Mas todo mundo estava olhando para eles. Da fogueira, a mãe viu quando o pai os arrastou para dentro. Por um instante, Nikko acreditou que ela ia protestar. Mas não o fez. O pai atirou Nikko no chão, depois apanhou um galho na pilha de lenha ao lado da porta.

– Pai, o que é isso?

– O que é isso? – o pai agarrou Thetis pela gola da túnica. Ele a ergueu e sacudiu como um cachorro faria com um rato. – O que é isso? Eu sofri anos por causa desta criança maldita. Anos! Gente rindo pelas minhas costas. Gente cochichando. E eu não fiz nada. Aguentei tudo. Mas agora... agora... – a cara dele ficou tão vermelha que Nikko temeu que ele pudesse explodir.

– Mas o que nós fizemos?

– O que vocês fizeram? – a pergunta foi um urro. – O que eu mandei você fazer? Eu disse para manter a sua irmã longe. Não deixar ela abrir a boca. E agora vocês arruinaram a aldeia inteira. Passaremos fome por causa de vocês. Todos os homens estão rindo de mim, incapaz de controlar os meus próprios filhos.

– Mas pai, ela não...

– Não minta para mim. Eu vi o homem do Rei sorrir para você. Você o encontrou no alto da montanha e a menina contou tudo a ele...

Se o pai perguntasse aos outros pastores, sem dúvida, eles contariam que os soldados os descobriram, também. Não foi culpa dele ou de Thetis.

– Pai...

– Quieto! – primeiro o pai atingiu Nikko na face, fazendo-o se esparramar no chão. A boca ficou cheia de sangue, salgado e quente. Por um minuto, ele ficou aturdido demais para falar, para ver. Mal percebeu a presença da mãe, chorando na entrada, e a expressão de Aertes, rancorosa e satisfeita. Então todos desapareceram, e restaram apenas ele, Thetis, o pai... e o cajado.

– Pai!

– Eu mandei ficar quieto!

"Ele não quer ouvir", Nikko pensou desesperado. "Não quer perguntar se os soldados descobriram outros na montanha. Ele quer nos bater, deseja isso há anos. Agora ele tem um motivo."

O pai segurou o cajado numa das mãos com firmeza, e golpeou as costas de Thetis em cheio. Ela respirou fundo, o rosto contorcido de dor.

– Isso é para ensinar você a ficar quieta. Entendeu?

Pam. Pam.

– Entendeu?

Thetis balançou a cabeça freneticamente. E então murmurou:

– Sim.

– O que você vai fazer? – ele desferiu outro golpe e mais outro.

– Eu... eu não vou falar. Eu não vou falar.

– Não! – agilmente, o pai desceu os braços com mais força ainda. – Você não vai dar um pio, entendeu? O que você vai fazer?

Thetis mordeu os lábios. O sangue escorria pelo braço. O pai tornou a sacudi-la.

– Você não fala. Você não fala!

Calada, Thetis concordou com a cabeça. A respiração vinha em ofegos curtos. O pai tornou a erguer o cajado, que agora pingava sangue.

– Pare!

Orkestres estava parado na porta.

Capítulo 6

Por um momento, pareceu que o pai não escutou. Mas lentamente ele baixou o braço e encarou o estranho.

– Isso não é da sua conta, homem do Rei.

– Talvez seja – Orkestres entrou na cabana. Mesmo na penumbra, o ouro nos seus braços reluzia. Ele estendeu a mão e tomou o cajado, depois o atirou na pilha de lenha.

Giannis rosnou, como um urso ou um cão.

– Ela é minha filha. Eu faço o que quiser com ela.

– Não. Se eu precisar dela, você não faz. Nem ela nem o garoto serão de qualquer para mim serventia se ficarem marcados.

"Ele parecia estar falando de cabras", pensou Nikko, assim que Orkestres lhe empinou queixo e virou o seu rosto de um lado para o outro. O semblante dele não demonstrava nenhuma compaixão, somente curiosidade.

– Apenas machucados. Ótimo. E agora a menina...

O acrobata era menor do que o pai dele, mas a sua voz ressoava como o bronze, ainda mais poderosa que a voz do chefe. O pai recuou. Thetis jazia no chão, o rosto escondido sob os braços, mas Nikko pôde ouvi-la arquejar quando Orkestres a colocou sentada. Ele examinou as costas dela sob as vestes.

– Apenas um corte grave – comentou inexpressivo. – Deve cicatrizar sem deixar marcas e, de qualquer forma, é possível disfarçá-lo. Você tem sorte, Giannis.

– Sorte! – o pai o encarou.

– Muita sorte. Vou lhe oferecer uma troca: os tributos da aldeia inteira por estas duas crianças.

Perplexo, o pai sacudiu a cabeça.

– Duas crianças não valem as cabras, a cevada...

– Para mim valem – Orkestres retrucou bem-humorado. – E acho que valerão para o Grande Rei também. Negócio fechado?

– Estas crianças? – o pai soou surpreso, inseguro.

"Do que eles estariam falando?", Nikko se perguntou ainda confuso. Por que o Grande Rei iria querer a ele e a Thetis? Um terror súbito o dominou.

Será que eles seriam sacrificados? Era por isso que o Rei os queria? Talvez o Grande Rei quisesse muito alguma coisa – como vencer uma guerra – e precisasse oferecer aos deuses um grande sacrifício: um menino e uma menina, em vez de cabras ou pombos. Ou será que eles seriam escravos?

– Giannis – era o chefe, da entrada. Ele espiou Nikko e Thetis, depois o acrobata. – Duas crianças, para salvar a todos nós.

O pai olhou fixamente para ele, depois para os filhos.

– Vai ser um inverno ruim – murmurou, quase consigo mesmo.

– Não! – a mãe se pôs na frente do chefe à força. – Não, você não pode levá-los!

Giannis a deteve antes que ela pudesse tomar Thetis nos braços.

– Nós podemos ter outros filhos. Outras filhas também.

Nikko o encarou, cerrando as mãos em punhos. As palavras não ditas pareceram ainda mais sonoras do que as que o pai havia proferido em voz alta. Filhas que não falem só a verdade. Filhos que não tragam os mortos de volta das montanhas...

Ele sentiu vontade de bater no pai, de gritar de dor. Mas agora nada disso faria diferença.

– Você pode levá-los.

A mãe soltou um grito. Ela caiu em prantos, balançando para a frente e para trás, arranhando o rosto com as unhas.

Porém, não tentou se aproximar dos filhos. O marido colocou um braço ao redor dos ombros dela e a levou para fora, ainda em lágrimas.

"Você chora pelos mortos", pensou Nikko. "Arranha o próprio rosto e puxa o cabelo, porque isso é tudo que se pode fazer quando alguém morre. Mas nós estamos vivos! Você poderia tentar nos ajudar, consolar, gritar com o papai para que não nos deixe ir". Ele se sentiu dar um passo à frente, segurá-la pelos ombros, virá-la, fazê-la encarar os dois...

Uma mão forte o segurou pelo braço. Nikko se virou. Orkestres o fitava com piedade.

– Cuide da sua irmã. Isso é o que importa agora. Lave o rosto e as costas dela com água fria para evitar manchas roxas. Lave o seu rosto também. Durma aqui esta noite. Eu virei buscar vocês pela manhã.

Ele deu meia-volta para sair, depois acrescentou:

– Cuidarei para que tragam comida e vinho. O vinho ajudará a amenizar a dor.

E foi embora.

Não havia nenhum guarda na porta. Ele podia correr, pensou Nikko, "se existisse algum lugar para onde correr, além da montanha e da morte em meio à neve do inverno".

Aertes trouxe pão ainda quente do forno, coberto com grossas fatias de carne – os melhores pedaços, sem osso e cartilagens – junto com um jarro do melhor vinho da aldeia. Ele não falou ou olhou para os irmãos. Simplesmente depositou a comida na soleira da porta. "É como se nós não existíssemos mais", refletiu Nikko.

Havia mais carne do que Thetis jamais ganhou na vida e Nikko, em quase um ano, desde que os caçadores mataram um cervo do outro lado da montanha. Mas o rosto dela estava dolorido demais para mastigar com facilidade e Thetis virou a cara quando ele tentou alimentá-la.

– Você precisa comer alguma coisa – Nikko mergulhou o pão no vinho e ofereceu à irmã. Thetis o fitou, o semblante sombrio, depois aceitou. Deu uma mordida, soluçando de vez em quando por causa da dor.

– Thetis... ele a machucou muito?

Ela balançou a cabeça.

– Você pode falar – cochichou. – Ele não vai ouvir.

Thetis balançou a cabeça outra vez.

Nikko sentiu os punhos cerrados de novo. Mas aqui não restava ninguém para esmurrar, e lá fora... Como ele conseguiria bater em todos os homens da aldeia? Ele só faria papel de tolo, uma criança agitando os punhos em vão.

Afinal, ele seguiu a sugestão de Orkestres: limpou Thetis e depois a si mesmo com um pano imerso no cântaro de água fria próximo à porta, depois se enroscou formando um montinho na beira da cama, aninhando Thetis nos braços da forma mais gentil possível. Tentou dormir.

Apesar da dor, o vinho deixou a menina sonolenta. Ela adormeceu. A respiração se tornou entrecortada, porque o nariz também estava inchado. Nikko ouviu os festejos do lado de fora, os homens cantando e dançando. "Eles estavam felizes", pensou. "Conseguiram ficar com as cabras, a cevada. Tudo que perderam fomos nós."

E isso os deixará felizes também.

"Pelo menos", ponderou, "permitirão que Thetis volte a falar quando formos embora. Ou talvez não. Talvez escravos não tenham permissão para falar. E se formos sacrificados..."

Então escutou os pais e Aertes entrarem. Fingiu estar dormindo. Por fim, o sono chegou, pois quando abriu os olhos ele pôde ouvir os filhotes importunando as mães no curral e uma cotovia cantando do lado de fora da porta.

Capítulo 7

Quando o vulto de Orkestres encobriu a luz na entrada da cabana, Thetis ainda dormia, revirando-se o tempo todo por causa dos machucados nas costas. A mãe se esgueirou do seu lado no catre. O sangue deixou listras secas no rosto onde ela havia se arranhado com as unhas, e os olhos estavam inchados de tanto chorar. O marido e o filho mais velho roncavam debaixo das cobertas.

Agora, enfim, a mãe olhou para Nikko e depois para a filha. Ele esperava que ela falasse alguma coisa. Mas seus olhos pareciam vazios, como se tentassem não enxergar.

Cambaleante, ela meio que tentou ajudar Nikko a erguer Thetis e carregá-la até os pôneis que aguardavam do lado de fora. Um dos homens do Rei estendeu os braços e colocou a criança na sela de pano. Thetis piscou, ainda tonta, apesar de desperta. Ela se virou e fitou a mãe. O seu rosto se contorceu, como se ela fosse chorar, mas não se ouviu nenhum som.

Nikko queria gritar por ela, berrar com a mãe: "Covarde! Traidora!". Mas, por um momento, foi como se ela não existisse mais. Agora ele não era mais filho de nenhum homem e nem de mulher alguma.

Olhou em volta. Era um dia cinzento: céu cinza, ar cinza condensado em névoa. De início, parecia não haver ninguém do lado de fora, exceto a mãe e os homens do Rei, mas ele pressentiu as sombras que observavam nas portas.

"Eu odeio todos vocês", pensou, a raiva dominando o vazio. "A bruxa tem razão. Vocês são estúpidos e amam a própria estupidez, com medo de qualquer um que possa ser diferente. Se vocês houvessem escondido as cabras e os grãos direito, nós estaríamos salvos."

De repente, como que puxada por uma corda, quase sem querer, a mãe deu um passo à frente. Acariciou o cabelo da filha uma única vez, depois entregou um pequeno embrulho a Nikko, enrolado em folhas de videira e preso com grama.

– Comida. Para a viagem – a voz soou rouca. Ela pareceu estar prestes a dizer mais alguma coisa, mas se calou.

"Talvez", pensou Nikko, "ela não consiga encontrar as palavras". Como se diz adeus aos próprios filhos quando você os vende por um cercado de cabras e jarros de grão de cevada?

"A mãe já entregou a filha antes", refletiu. Agora esse gesto se repetia.

"Eu devia odiar você também", falou consigo mesmo. Nikko tentou fazer o ódio transbordar de dentro dele. O ódio seria mais fácil de suportar. Entretanto, tudo o que conseguia lembrar era a voz da mãe entoando uma canção de ninar quando ele era pequeno.

As lágrimas arderam. Nikko sentiu uma delas escorrer pelo rosto, mas se recusou a enxugá-la. Ele se virou e admirou o interior da cabana com o canto dos olhos. Podia ver o vulto grandalhão do pai, ainda imóvel sob as cobertas, e outro vulto próximo ao fogo, que devia ser Aertes. Nikko duvidava que qualquer um dos dois estivesse dormindo. Mas nenhum deles olhou na direção da porta.

Os três homens do Rei já estavam montados nos pôneis. Um deles gesticulou para que Nikko subisse na garupa. Ele montou de maneira desajeitada, secando o rosto com o braço discretamente. Foi estranho sentir o animal se mover debaixo dele. Orkestres passou a perna por cima do pônei de Thetis, acomodando-a na sua frente. Ela ainda estava meio sonolenta, mas olhou ao redor da aldeia, para a mãe que permanecia calada na porta, e então para a crina do pônei. Hesitante, Thetis tentou alcançá-la e fitou Orkestres.

Ele sorriu.

– Sim, menina. Você pode tocar nele.

Um dos homens do Rei pressionou os flancos do pônei com as pernas. O animal dele se pôs a andar e os outros o seguiram.

Nas cabanas, as crianças espiavam nas portas. Mas ninguém falou ou acenou. "Tornamos a deixar de existir", concluiu Nikko. "É mais fácil simplesmente não nos ver. Às vezes, é duro encarar a verdade – duro demais para qualquer um no vale." Ele olhou para trás, imaginando que Thetis estaria aos prantos ou contemplando a cabana deles. Mas ela fitava o pônei e, em seguida, erguia o rosto para observar os homens do Rei.

"Quase como se ela soubesse que agora a aldeia não significa nada para nós", pensou Nikko, "que jamais tornaremos a vê-la".

Ele sentiu uma lança lhe trespassar o coração ao compreender que era essa a verdade.

Os pôneis se arrastaram rumo ao portão da aldeia. De súbito, começou a chover.

A chuva cessou enquanto eles desciam a colina, transformando-se em chuvisco e finalmente desaparecendo, deixando o céu tão limpo e sereno quanto um lago no verão. Uma águia contornou o sol do meio-dia. Seria a mesma que viu os dois dançarem?

Apesar das sombras de outono, o sol não tardou a flamejar. As roupas se secaram. As pelagens úmidas dos pôneis soltavam vapor no calor. Um dos homens do Rei passou um cantil a Nikko várias vezes. Ele bebia agradecido e o devolvia.

Até aquele momento, eles haviam cruzado um punhado de aldeias, os pôneis rastejando vagarosamente montanha abaixo. Nikko supôs que os homens do Rei também recolheriam os impostos delas. Mas, em vez disso, eles passaram por todas as paliçadas sem parar.

Parte dele queria perguntar por quê, e um monte de outras coisas também: Para onde eles estavam indo? Quanto tempo faltava até chegarem lá? Eles veriam o mar? Porém, acima de tudo, ele queria bradar: Por que vocês estão nos levando? Somos escravos ou vítimas de sacrifício? Que outros motivos o Grande Rei teria para querer a mim e a Thetis?

Nada disso fazia sentido. Havia meninos mais fortes na aldeia, embora ele odiasse admitir isso, e meninas mais bonitas. Por que Orkestres os escolheu?

O que poderia torná-los mais valiosos do que um rebanho de cabras e sacos de grão?

De vez em quando, os homens do Rei faziam piadas e comentários sobre o campo. O sotaque deles era difícil de entender e algumas palavras também eram estranhas. Orkestres quase não falava nada. Agora que estavam longe da aldeia e das pessoas, ele parecia diferente: mais velho e um pouco curvado. Mantinha a boca rigorosamente fechada e gemeu quando os pôneis precisaram tomar o caminho pela travessia do córrego pedregoso. Thetis também continuava calada, na frente dele, contemplando a paisagem como se sorvesse cada detalhe.

O terreno mudou à medida que eles seguiam colina abaixo. Agora estavam num bosque de carvalhos, vasto e sombreado, as folhas adquirindo o avermelhado do outono, a trilha enlameada sob os cascos dos pôneis. Em algum lugar nas redondezas, um rio juntou seu murmúrio ao arrulho dos pombos. Eles escutaram um uivo de um lobo magro.

De súbito, as árvores desapareceram, como se houvessem ceifado a floresta a golpes de espada. Eles pararam, árvores à esquerda e à direita. Mas a terra que se estendia adiante era uma colcha de retalhos, como se alguém houvesse feito um tapete costurando tiras de pele de urso ou de cabra umas às outras. À distância, havia renques de oliveiras, os troncos cheios de sulcos e da grossura de um homem, e então um canteiro de videiras com folhas atrofiadas, seguido por um trecho de restolho de cevada – pombos e pardais otimistas bicando ali no meio. A terra era tão colorida quanto as folhas de outono.

Nikko podia avistar o rio sobre o qual ouviu falar, fluindo por entre as rochas no fundo do vale. Também havia oliveiras na outra margem, e mais videiras no topo da colina seguinte. Contudo, ainda não havia nenhum sinal de aldeia. Só campos... e mais campos...

Cutucou as costas na sua frente.

– Senhor? Já chegamos? Aqui é Micenas?

– Micenas? – o homem soltou uma gargalhada. – Vocês ouviram o que o menino disse? – Ele se virou, o olhar surpreendentemente bondoso por cima do ombro. – Não, rapaz. São mais três dias de viagem daqui até Micenas. Nós vamos parar na próxima aldeia até os outros nos alcançarem.

– Os outros?

– Os outros homens do Rei e os tributos que recolheram – o homem sorriu, mostrando cotocos de dentes marrons. – Eles levarão mais tempo do que nós. Foi bom o acrobata decidir trazer você e a menina, ou passaríamos dois dias conduzindo cabras enquanto os pôneis carregariam os grãos. Assim podemos seguir a cavalo.

Ele apontou.

– A aldeia fica a cerca de dois dedos de sol daqui, menino, lá embaixo no vale. Micenas! – sorriu outra vez. – Não existem fortes de madeira e cabanas de pedra em Micenas.

Nikko observou enquanto os pôneis se dirigiam ao grande portão do curral. Havia mais casas aqui do que ele jamais sonhara: cabanas de madeira cobertas com telhados de palha semelhantes aos da aldeia, mas também cabanas de pedra, maiores do que a casa do chefe do seu povoado.

Como seria Micenas, se isto era só uma aldeia?

Mulheres e meninas, moendo farinha nas soleiras das portas ou tecendo lã nos fusos, olharam para ele e depois baixaram os olhares quando ele espiou de volta, como era adequado sempre que uma mulher via um homem que não fosse da família dela.

Os pôneis se arrastaram por entre as casas, escalando uma ladeira até uma construção maior do que Nikko imaginava que pudesse existir no mundo. Era quase tão comprida quanto a aldeia inteira, construída com pedras tão bem encaixadas umas nas outras que pareciam uma única rocha enorme, escavada por gigantes. As paredes eram pintadas de branco, com padieiras vermelhas sobre as portas feitas de madeira, em vez de uma portinhola de couro de bode.

Na frente do prédio, havia um espaço aberto. No verão, talvez fosse de grama, mas agora estava enlameado e repleto de animais. Cercas rústicas feitas de galhos dividiam os grupos de cavalos, cabras e outros bichos para que eles não fugissem ou brigassem, criando cercados menores dentro do maior.

"Tributos ao Grande Rei", pensou Nikko. Como nós.

As cabras baliam furiosamente num dos cercados. As outras seções abrigavam animais que Nikko jamais viu antes, maiores que os leões das montanhas, com chifres ainda mais compridos e afiados que os de um gamo.

– É gado – disse Orkestres, notando o olhar vidrado de Nikko. – Vacas e touros. As vacas dão leite, mais que as cabras, e os touros puxam os arados.

Nikko franziu a testa.

– As mulheres puxam o arado – retrucou.

Orkestres riu.

– Só nas aldeias pobres das montanhas. Aqui embaixo, as mulheres cuidam das casas. Elas não suam ao ar livre – ele deu de ombros. – Exceto os escravos, claro.

Orkestres usou aquele sorriso novamente e vestiu um manto com borda dourada. O ouro rebrilhou nos pulsos e nas orelhas.

Ele desmontou do pônei e ajudou Thetis a descer. Acenou com a cabeça para que Nikko também descesse do dele. Os guardas já haviam desmontado, seguindo para inspecionar os animais nos cercados e conversar com os amigos.

– O arconte Pitaneu gentilmente permitiu que usássemos este salão.

– Arconte? – Nikko nunca tinha ouvido aquela palavra.

Orkestres lhe deu um sorriso franco, não o que exibia em público.

– Um arconte é como o chefe da sua aldeia, só que ele governa um povoado maior. O Grande Rei governa o mundo, menos os pedaços que não mencionamos, e também há reis secundários, que governam as próprias terras, mas enviam tributos ao Grande Rei, assim como guerreiros, quando ele vai à guerra. Então existem os arcontes, depois os chefes e, por fim, os cidadãos comuns. Ah, e os escravos...

– Nós somos escravos? – Nikko prendeu a respiração.

– Talvez – Orkestres falou baixinho, ao passo que dois homens vestindo túnicas de couro apareceram para buscar os pôneis e levá--los para um estábulo. – Eu espero que não. Para mim, em Micenas, não seria nada lisonjeiro ter trocado a coleta do Grande Rei por dois escravos. Mas, menino... qual é o seu nome? Nikko? – o acrobata o fitou sem piscar. – Nikko, não vou mentir para você. Não para o menino que vi cantar no alto da montanha.

– Você mente para as outras pessoas? – Nikko enrubesceu.

Ele havia falado sem pensar. "É isso que a Thetis faz?", pensou. Mas não. Ela pensava antes de falar – esse era o problema.

Orkestres se mostrou risonho, não zangado, como o pai ficaria.

– Sim, Nikko. A minha vida inteira é baseada em ilusão. Eu tenho talento, mas parte dessa habilidade é fazer o que faço parecer impossível para qualquer outra pessoa além de mim – ele sorriu. – Eu minto para a minha esposa, quando digo que ela é tão esbelta quanto quando tinha quinze anos. Minto para o Grande Rei. Todos nós mentimos, todo mundo no palácio, fingindo que ele é o mais heroico, o maior soberano da Terra, mais poderoso ainda que o faraó do Egito, que poderia engolir o nosso reino no café da manhã e nem notar. Talvez – acrescentou, pensativo – muitos na corte realmente acreditem nisso. Mas o faz de conta é o meu ofício. Você precisa saber a verdade para criar um bom faz de conta.

– Senhor... estava falando sobre o que vai acontecer conosco.

– Eu estava, não é? Tem alguma coisa em vocês dois que me faz falar como nunca falei antes. E agir, pois eu também nunca barganhei os tributos do Rei por duas crianças da montanha. Muito bem, eis a verdade: eu acho que você e a sua irmã têm talento para serem grandes acrobatas. Mas o seu destino depende da vontade do Grande Rei quando chegarmos a Micenas. Isso é um jogo, para vocês e para mim também.

Nikko prendeu a respiração. Isso era melhor do que ele esperava. Pelo menos, eles não seriam sacrificados. Pelo menos tinham uma chance. Ou não? Será que um dia ele seria capaz de contorcer o corpo como Orkestres?

Espiou Thetis. Ela observava a aldeia, sem dar sinal de ter escutado as palavras de Orkestres. Mas Thetis percebia tudo.

Orkestres acompanhou o olhar de Nikko.

– Na sua aldeia, disseram que a sua irmã não podia falar, mas que agora ela pode. É verdade? – ele estendeu a mão e despenteou o cabelo de Thetis. Ela ergueu o olhar, e sorriu timidamente para ele. – Ela não disse uma palavra o dia todo.

Nikko tentou encontrar uma resposta sincera, mas sem fazer parecer que Thetis fora tocada pelos Seres da Noite, como tanta gente na aldeia suspeitava.

– Ela não conseguia falar até o verão passado, e daí começou a falar pelos cotovelos. Como todo mundo.

"Ou quase", Nikko pensou, antes de continuar:

– Ontem à noite, quando o papai bateu nela, ele a fez jurar que não falaria novamente. Acho que ela está obedecendo a ele. Isso importa? – acrescentou, ansioso.

Orkestres deu de ombros. Até o seu gesto de indiferença era gracioso.

– Talvez. Poderia ser útil, se ela conseguisse cantar. Mas talvez o mistério de uma menina sem voz possa ser ainda mais útil. Vamos ver.

Nikko sentiu a mão de Thetis segurar a dele quando Orkestres os conduziu escada acima. Havia tantos degraus, como uma colina construída pelo homem. Eles entraram no prédio pintado em cores vivas.

A sala era a mais ampla que Nikko já viu, mas não tão ampla quanto ele calculou do lado de fora. Havia uma grande lareira redonda no centro, com uma chaminé no teto acima dela. Também havia aberturas nas paredes, com batentes de madeira para impedir a entrada da chuva e do vento. Cada pedaço das paredes era pintado. Os desenhos de cervos e cabras selvagens em fuga eram tão realistas que Nikko quase podia ouvir a respiração deles, correndo dos caçadores.

Ele sentiu o chão macio sob os seus pés. Olhou para baixo. O piso era feito do mesmo material suave que as paredes. Perto das cadeiras, havia tapetes de couro de cabra e urso, cortados em quadrados ou círculos, de modo que era difícil saber de que animais eram as peles se você jamais os viu antes.

No canto mais remoto do aposento, havia degraus que conduziam ao que Orkestres chamou de corredor, com portas cortinadas que levavam a mais aposentos. O acrobata entreabriu uma das cortinas.

– É aqui que nós ficaremos.

Nikko olhou em volta. As paredes também eram pintadas. Tocou uma delas, quase esperando sujar os dedos de tinta e estragar a cena de pássaros e borboletas. Mas, em vez disso, ela pareceu tão macia quanto queijo de cabra. No centro da sala, sob a chaminé no teto, havia uma lareira. A grande pedra que circundava o fogo se estendia quase até as paredes, formando uma plataforma lisa para se dormir ou sentar, com duas pilhas de aconchegantes peles curtidas de cabra. Também havia um buraco em uma das paredes, com vista para o rio e as oliveiras. Thetis correu até ela e olhou para baixo.

– Janela – Orkestres falou baixinho, sorrindo para ambos. – Vocês se acostumarão com isso.

Era um aposento espaçoso. Mas parecia pequeno para eles três e ainda os homens do Rei.

Orkestres mostrou saber no que ele estava pensando.

– Este quarto é só para nós. Os outros homens dormirão lá embaixo no salão principal, perto do calor da grande lareira. Mas nós precisamos de privacidade para que vocês sejam treinados.

– Como acrobatas? – Nikko segurou a mão de Thetis com mais força, para tranquilizar tanto a irmã quanto a si mesmo.

– Para encantar o Grande Rei – explicou Orkestres, baixinho. – Se vocês conseguirem encantar o Rei, salvarão a todos nós.

Capítulo 8

Uma menina surgiu por detrás da cortina, carregando uma bandeja. Os seus cabelos estavam presos no alto da cabeça com uma fita colorida, e a sua túnica era de um fino tecido branco com uma borda vermelha na barra. Os pés eram os mais delicados que Nikko já viu: rosados e brancos, sem nenhum calo no calcanhar, como se ela nunca tivesse pisado em nada mais áspero que o piso. Thetis estendeu uma das mãos e lhe tocou a veste, depois fitou a menina com olhos arregalados.

Orkestres acenou para a criada, que depositou a bandeja no estrado da cama e recuou, curvando a cabeça educadamente para ele, e ignorando os dois aldeões encardidos em peles de cabra.

Havia pão fresco, com cheiro de mel e figos e mais macio do que qualquer um que Nikko já comera, uvas secas, além de outras frutas que ele não reconheceu, carne fria, ânforas de vinho, água e canecas. Até as canecas eram pintadas com figuras negras que dançavam em torno das bordas.

Thetis ajoelhou perto da bandeja, os olhos arregalados. Espiou Orkestres com uma expressão hesitante, como que pedindo permissão para comer.

– Sim, comece a comer. Mas não exagere ou você vai se sentir enjoada quando tentar se exercitar. Você poderá comer mais depois de treinar.

Nikko sentou na cama. Apanhou um pão de mel e o partiu em dois para dividir com Thetis.

– Por favor, o que acontecerá agora? – tentou fazer a voz soar grave e confiante, não infantil e humilde.

Olhou ao redor do aposento novamente, estranho e mais suntuoso do que tudo que já havia imaginado. Até ontem de manhã a vida dele permanecia intocada, toda dele, só dele, com Thetis e as cabras no alto da montanha.

Thetis ergueu o olhar para Nikko, depois tornou a espiar o pão de mel, mordiscando com bicadas de passarinho. "Será que ela descobriu mais coisas do que eu?", Nikko se perguntou.

– Começaremos com exercícios simples para torná-los flexíveis – Orkestres também apanhou um pão de mel. – Depois tentarei ensinar coisas mais complicadas.

– Alguém treinou você a fazer aquelas coisas que fez lá na aldeia?

– O meu pai – Orkestres deu um ligeiro sorriso. – Aquelas e muitas outras que eu não desperdiçaria com camponeses.

Camponeses. "Somos nós", Nikko falou consigo mesmo.

Orkestres compreendeu o olhar dele.

– Não, você e a sua irmã são diferentes. Hoje em dia as minhas juntas doem – completou. – Sou como um homem que tem uma bolsa de ouro, e que não terá mais nada após gastar tudo. Os truques mais complicados causam as piores dores. Por isso eu os reservo para quando são mais necessários.

Olhou para Nikko, depois para Thetis, para ver se ela também tinha entendido. Os olhos dela estavam arregalados, a boca aberta, cheia de pão de mel meio mastigado.

– Um bom acrobata pode divertir uma aldeia. Mas um que brilha como ouro pode agradar um rei. E eu era muito, muito bom.

– Era? – Nikko interrompeu cautelosamente.

– Sim. Era. Eu fiquei velho. Não consigo mais me contorcer com a mesma facilidade de antes. E Sua Majestade gosta de se entreter com novidades. Por isso, agora outros fazem malabarismo, dançam ou cantam no grande terraço do palácio enquanto eu me apresento nas aldeias, para que os camponeses olhem para mim e se esqueçam das cabras e das ovelhas levadas para alimentar Micenas em vez das barrigas das suas crianças. Eu acompanho os cobradores de impostos... e não vejo mais o Rei.

A voz dele soou quase despreocupada. Mas as mãos seguraram o pão de mel com tanta força que caíram migalhas no chão.

– Acha mesmo que nós podemos ser tão bons quanto você? – Nikko indagou pausadamente.

Sem falar, Orkestres olhou para ele por um momento. Thetis engoliu o pão de mel e encarou o acrobata, o semblante atento.

– Se vocês forem somente tão bons quanto eu sou hoje – falou Orkestres, afinal –, nunca serão capazes de satisfazer o Rei. Ele está acostumado com os meus truques. Vocês precisarão pensar todo dia em um novo número capaz de impressioná-lo. Precisarão planejar, observar e perceber o que funciona, o que faz a multidão engasgar e o Rei sorrir. Podem fazer isso?

– Eu... eu não sei – Nikko respondeu honestamente. Espiou Thetis, que não tirava os olhos de Orkestres. – Posso prometer que tentaremos. Faremos o melhor possível – mordeu o lábio. – O que acontece se falharmos?

– Se forem bem-sucedidos – Orkestres falou baixinho – vocês serão adorados pelo Rei; dançarão para ele e para os seus convidados mais queridos. Ele lhes dará ouro, joias e escravos para massagear as suas costas quando sentirem dor nos músculos. E eu serei o treinador de vocês e não precisarei mais me arrastar ao lado dos pôneis pela floresta onde os lobos uivam, tentando agradar camponeses em vez de reis.

– Mas e se fracassarmos? – insistiu Nikko.

– Então você será um escravo, talvez para apanhar lenha no palácio, caso tenha a sorte de o ecônomo, o mordomo real, gostar da sua aparência.

Nikko tentou manter a voz firme.

– E se ele não gostar?

– Se ele não gostar, você quebrará pedras para construir novos terraços para o palácio, passará alguns verões com poeira nas costas e na boca, até morrer de fome e exaustão. Ou será mandado para as galés como remador, uma vida ainda mais curta.

– E a minha irmã?

– Ela será uma serva até um dos convidados do Rei simpatizar com ela. E, quando não agradar mais, ela será mandada para os teares, para tecer ou fiar o dia inteiro até a vista enfraquecer e os dedos ficarem tortos.

Nikko sentiu a pele arrepiar. "Não", pensou ele. "Nunca. Não importa o que preciso obrigar meu corpo a fazer, jamais permitirei que isso aconteça."

O acrobata ergueu uma sobrancelha.

– Está pronto para trabalhar?

– Sim – Nikko sentiu Thetis concordar com a cabeça ao seu lado.

– Ótimo – Orkestres abaixou o pão de mel. – Então vamos começar.

Nikko imaginou que Orkestres testaria a capacidade deles de contorcer o corpo, como havia demonstrado naquele dia na montanha. Mas, em vez disso, ele mandou que esticassem as mãos para cima, depois as baixassem até o chão; em seguida, que deslocassem as mãos, primeiro para um lado e depois para o outro, enquanto se curvavam. No começo não pareceu difícil, mas, conforme se alongava, Nikko percebeu que tinha músculos cuja existência nunca notou.

– Excelente – Orkestres se mostrou satisfeito. – Eu sabia que a menina era flexível. As crianças quase sempre são. Mas você também ainda se movimenta bem. Fiquem de pé outra vez, as mãos no chão... agora levantem!

Nikko sentiu Orkestres agarrar-lhe os pés e puxá-los para cima, de modo que ele acabou virado de cabeça para baixo.

– Se eu soltar você cai?

– Sim... não!

– Tudo bem.

As mãos de Orkestres o soltaram.

"Eu sou um junco", pensou Nikko, forçando o corpo a ficar ereto e imóvel. "Sou uma árvore, as raízes enterradas no solo. Se eu mantiver as pernas estáticas, elas não poderão cair". Ele olhou para Thetis e tomou um susto. A menina também se lançou de cabeça para baixo, erguendo-se ao lado dele sozinha, sobre as mãos, como se houvesse andado desse jeito a vida inteira. Ela sorriu para o irmão e curvou as pernas para baixo até devolver o peso para os pés, exatamente como Orkestres fez, depois segurou os tornozelos com o corpo em arco.

Nikko se levantou e sentou de pernas cruzadas.

– Como ela consegue fazer isso?

Orkestres não respondeu. Em vez disso, tocou o ouro nas próprias orelhas e sorriu, quase que para si mesmo.

Eles treinaram até o sol se pôr atrás das oliveiras. Umas meninas trouxeram três banheiras cheias de água suavemente fumegante e mais lenha para o fogo. Pasmo, Nikko viu Orkestres tirar a roupa e entrar no banho e ainda fazer um sinal para que ele também se lavasse. Quando ele já ia protestar que não seria decente ver Thetis nua, uma das servas sorriu e estendeu um manto como um biombo.

Foi estranho entrar na água quente. Até então, Nikko só havia se lavado de corpo inteiro no riacho, sem nunca se meter completamente na água. Esta banheira cheirava a flores. Também havia um pano macio para esfregar a sujeira.

Foi ainda mais estranho ficar tão limpo, sem pulgas e coceiras.

Depois disso, mais comida e sono.

Nos dois dias que se seguiram, eles continuaram treinando ali. Nikko e Thetis sem sair do aposento – as meninas traziam até penicos para que os dois se aliviassem, para poupar o trabalho de ir até o meio das árvores ou dos campos. Orkestres os mantinha ocupado quase todos os minutos do dia.

Na segunda tarde, Thetis já conseguia saltar para os ombros de Nikko sem ajuda, depois dar uma cambalhota e cair de pé abraçando os ombros com as mãos, dançando conforme a música que ele cantava e acompanhava com palmas.

Era a mesma música que ele havia cantado na manhã em que Orkestres os encontrou. A canção ainda não tinha uma letra. "Não existem palavras", pensou Nikko, para expressar o que ele sentia naquele momento.

Seus sonhos eram assombrados por lobos: um lobo com o rosto do pai ou, mais apavorante ainda, outro que caçava a ele e a Thetis e, quando os apanhava, tinha um vazio absoluto no lugar do rosto. "Eu sou o Grande Rei", murmurava o lobo sem cara. "Vocês são meus, para comer ou jogar fora, como eu desejar".

Agora Orkestres nunca sorria. Embora eles conseguissem fazer tudo que ele pedia, às vezes, Nikko achava que as expectativas do acrobata eram maiores. Os olhos dele viviam repletos de dor e de esperança.

Só Thetis se mostrava contente, livre de responsabilidade, lançando-se aos exercícios como se fossem brincadeiras, experimentando as comidas diferentes e afagando as peles macias da cama, assistindo às cenas empolgantes da janela, sob os cuidados de Orkestres e Nikko e, certa tarde, de uma serva, que ficou admirada e boquiaberta ao flagrá-la executando um salto mortal.

Mas Thetis nunca falava.

"Seria por causa da promessa?", voltou a se perguntar Nikko no intervalo daquela tarde, enquanto bebia o líquido vermelho que, segundo Orkestres, era suco de romã com água, e comia pão com queijo e agrião – nada de carne por hoje. Carne demais, explicou Orkestres, deixa um dançarino lerdo.

Thetis prometeu a Nikko que não falaria diante de um dos homens do Rei – e Orkestres era acima de tudo um homem que servia ao Grande Rei. Ela também havia prometido ao pai que jamais tornaria a falar em qualquer circunstância.

Mas o pai estava longe. Assim como não havia nenhum segredo que precisasse ser escondido de Orkestres. Agora o silêncio não era mais necessário. Será que ele deveria encorajá-la a falar de novo?

Mas as palavras de Thetis causavam problemas. "Já tenho muito com que me preocupar", pensou Nikko ao terminar o suco de romã, "sem ficar nervoso toda vez que ela abre a boca". Porém, ele ainda se sentia culpado quando Thetis sorria ou gesticulava, sem nunca emitir um som. Até os seus pés e as suas mãos eram silenciosos quando ela dava cambalhotas e saltos acrobáticos pelo chão.

Orkestres espiou pela janela.

– São Kersides e seus homens de volta, com um belo bando de cabras e, pelo jeito, cevada também. Aqueles pôneis mal conseguem andar.

Então nós partiremos amanhã. Desta vez, nada de montar a cavalo. Nós vamos seguir o resto da viagem a pé e os meus joelhos pagarão o preço – ele se levantou e continuou. – Fiquem aqui. Se eu voltar muito tarde, tentem dormir o máximo possível. Preciso pagar pelas nossas refeições desta noite.

Os dois assistiram enquanto Orkestres pintou o rosto, marcando o contorno dos olhos e as sobrancelhas com carvão, usou um pequeno fragmento de bronze polido para examinar a própria imagem. Depois passou uma pomada vermelha nos lábios e na bochechas, seguida de azeite nos braços, nas pernas e no peito. Os dedos vermelhos da cor do fogo realçaram os músculos brilhantes, deixando-os saltados mesmo sem que ele se mexesse. Cuidadosamente, Orkestres enfiou as argolas de ouro nos furinhos nos lóbulos das orelhas, depois colocou correntes de ouro nos pulsos e nos tornozelos, e até prendeu algumas nos cabelos que havia acabado de besuntar com azeite e trançar.

Orkestres sorriu para Nikko.

– Tantos penduricalhos fariam os homens da sua aldeia pensar que o Grande Rei não precisava dos tributos. Mas, aqui, o arconte Pitaneu quer a honra de um artista enfeitado com ouro.

Por fim, ele adicionou um colar de pedras vermelhas, estampou o sorriso público na cara e saiu por entre a cortina.

Thetis correu até a janela e olhou para fora. Então se virou para Nikko e gesticulou para que ele se aproximasse. Ele ajoelhou no catre ao lado dela.

Nikko ainda não conseguia se acostumar ao tamanho daquele lugar, e a tantas coisas acontecendo o tempo todo. O pátio era entremeado de grandes árvores centenárias, as mais próximas a certa distância da janela onde ambos estavam. Lá fora, uma mulher estendia as roupas lavadas nos arbustos na margem do rio. Nos cercados, os maiores animais do rebanho baixavam os chifres pontiagudos e davam marradas uns nos outros. As cabras mães chamavam os filhotes, perdidos em meio à profusão de patas. E os homens do Grande Rei estavam por toda parte com suas túnicas brilhantes, o couro negro polido dos escudos, seus braceletes e seus cabelos em tranças.

Tudo era tão diferente de casa quanto possível. E isso era bom.

Ele achou que sentiria saudades. Não sentiu. As histórias que contavam ao redor do fogo nos dias de festa sempre falavam de heróis que sonhavam com a terra natal, ansiosos para ver as mães ou visitar o túmulo dos pais.

Mas ele não sentia nada. Não, isso não era verdade. Apesar do futuro incerto pela frente, ele se sentia livre – livre de todos os olhares, dos cochichos, das lembranças de cada um que sabia o que ele havia feito. Em algum lugar bem no fundo, a raiva também ardia, como brasas depois de queimada a lenha. Ele torcia para que a vila passasse fome neste inverno. Torcia para Aertes desmoronar feito um esqueleto e o estômago do pai virar um buraco de tão oco, enquanto em Micenas ele e Thetis comeriam pães de mel e figos, e beberiam suco de romã.

Se o Grande Rei gostasse deles.

Se Orkestres estivesse falando a verdade.

– Thetis?

Ela se virou para ele de novo, o semblante atento como o de um pássaro.

– Você acha que podemos confiar em Orkestres?

Thetis franziu a testa um segundo, depois confirmou com a cabeça.

– Acha que o Grande Rei vai gostar da gente?

Ela sorriu. Nikko jamais vira a irmã sorrir daquele jeito, como uma ave prestes a se lançar ao céu. Ela balançou a cabeça de novo. De repente, ele não conseguiu suportar a responsabilidade pelo silêncio dela.

– Você pode falar – Nikko a encorajou. – Por favor. Você pode falar quando estivermos sozinhos. Não importa o que você fala quando é só para mim.

Pensativa, Thetis fitou o irmão e tornou a balançar a cabeça.

– Você não vai falar nunca? – a voz de Nikko soou desesperada. Ele não tinha intenção de privar Thetis da própria voz outra vez, apenas de fazer com que ela parasse e pensasse antes de falar. Mas o pai quis calá--la para sempre.

Thetis ponderou por um momento e depois sorriu novamente. Ergueu as mãos. Era um gesto fácil de interpretar.

Significava "eu não sei".

Capítulo 9

Já era tarde quando Orkestres retornou. Houve cantoria, gente tocando alaúde e flautas, e uma grande fogueira no centro da cidade, com um boi inteiro girando no espeto e habitantes que se engalfinhavam para conseguir uma fatia de carne. Nikko supôs que Orkestres havia se apresentado, porque quando ele finalmente entrou pela cortina do quarto só o carvão em brasa já bastou para revelar o seu rosto branco de dor. Nikko ouviu um gemido baixo quando ele se virou na cama dura.

Nikko fechou os olhos de novo. Amanhã eles partiriam outra vez. Mais três dias até Micenas. O que aconteceria? Era estranho ficar tão distante do próprio passado mas ao mesmo tempo não conhecer o futuro, quase como se ele e Thetis estivessem suspensos em pleno ar.

Tentou pensar em coisas boas. Um palácio majestoso, parecido com este, mas duas vezes maior. Um Grande Rei de aparência semelhante à de Orkestres, mas com uma barba de ouro, que sorria para eles e aplaudia...

Quando Nikko abriu os olhos, Orkestres estava lavando o rosto numa vasilha de água. Havia pães de mel sobre a mesa. Uma das servas veio enquanto ele ainda dormia.

Thetis já estava acordada. Ela se ajoelhou no catre, contemplando a paisagem pela janela.

– O que foi? – Nikko esfregou os olhos sonolentos e se empoleirou ao lado dela.

Thetis apontou.

Lá embaixo, no pátio, os homens lavavam os rostos nas tinas onde o gado bebia água, e as mulheres assavam pão nos fornos de pedra do lado de fora das casas, atiçando as chamas com gravetos para que cozinhasse mais depressa. O céu tinha listras branquíssimas e cinzentas.

Nikko balançou a cabeça.

– O que é tão especial?

Thetis mordeu o lábio. Apontou de novo, aqui... ali... depois balançou a cabeça.

– Você quer dizer que está me mostrando que algo *não* está lá?

Thetis assentiu. O rostinho dela se mostrou atento e preocupado.

– Apressem-se – Orkestres soou impaciente. Ele estava usando o manto de lã bom com a borda dourada, e a corrente e os braceletes de ouro de novo. – Não queremos deixar os outros esperando. E pelos três nomes das três faces da Mãe, passem um pente no cabelo, os dois, antes que alguém os veja. Parece que vocês foram arrastados de costas por cima de um espinheiro. Vocês ainda se vestem como camponeses, mas pelo menos as suas cabeças podem ter um ar respeitável.

– Senhor, eu acho que há algo de errado. Thetis viu alguma coisa...

– E por que a criança não veria... – Orkestres marchou até a janela. Foi isso que os salvou.

Capítulo 10

A terra rugiu. Naquela manhã, ao olhar para trás, Nikko teve certeza de que a terra falou primeiro, um clamor surdo como se as próprias rochas houvessem se desmantelado. Foi sutil como um murmúrio e, ao mesmo tempo, estridente como o grito de um pássaro.

Uma viga trepidou no teto. E então o salão inteiro estremeceu. O chão começou a oscilar. Uma viga desabou, e depois outra. Uma das paredes começou a rachar. O mundo se transformou em paredes rachadas e poeira.

– Pulem!

Tão logo falou, Orkestres mergulhou pela janela, como um gavião em rasante no encalço de uma lebre.

Nikko assistiu fascinado: o corpo de Orkestres rolou como uma bola, deu várias cambalhotas. De repente, ele deu outro salto mortal, se endireitou e aterrizou quase suavemente, de pé.

Atrás deles, outra parede se rachou. Nikko pôde ouvir outras paredes desmoronarem, no fim do corredor, um barulho que lembrou ondas gigantes arrebentando nas pedras durante uma tempestade de primavera.

Se continuassem ali, eles morreriam. E morreriam caso pulassem de uma altura daquelas. Nikko sabia disso apesar de agarrar a mão de Thetis e empurrá-la para o peitoril da janela ao seu lado. O chão ficava a muitos metros de distância. Cada osso dos seus corpos acabaria esmagado quando eles atingissem as pedras do pavimento. Eles não conseguiriam dar cambalhotas como Orkestres, para amortecer a queda...

Em torno deles, a terra continuava a gritar. Ou seriam gritos de *gente*? Nikko respirou fundo, talvez para berrar, talvez para dizer adeus.

Pulou.

Foi amparado por mãos, por pulsos que seguraram os seus pulsos, amortecendo a queda. Orkestres o colocou no chão. Desesperado, Nikko olhou em volta, à caça de Thetis. Ela certamente pulou com ele! A janela estava vazia. Enquanto ele procurava em vão pela irmã, a parede do aposento deles desabou para trás num impacto retumbante de barulho e movimento.

O chão ainda tremia sob os seus pés – então, de repente, parou. Mas as paredes continuavam caindo e as pedras rolavam. Apenas o lamento da própria terra tinha cessado. O aposento no qual eles passaram os últimos dois dias havia se transformado em poeira e entulho.

Nikko começou a abrir caminho, na intenção de despedaçar os escombros com as próprias mãos, quando algo farfalhou acima da sua cabeça. Ele parou e olhou para o alto.

Thetis estava pendurada num galho de árvore pelas mãos, os pés descalços ainda limpos desde o último banho. Ela olhou para baixo, meio assustada e meio contente.

Como ela tinha pulado tão longe? Não só pular, mas segurar no galho. Enquanto ele observava, Thetis soltou uma das mãos e acenou para que Nikko fosse até ela.

Ele saltou de pé, ainda trêmulo. Estendeu as mãos para pegá-la. Mas, em vez disso, Thetis balançou para trás e para a frente para tomar impulso, depois largou o galho e *voou* para baixo, os delicados pés descalços pousados nos ombros dele. Baixou as mãos para segurar as do irmão, que lhe agarrou os pulsos enquanto ela deu uma cambalhota por entre os braços dele e aterrizou.

Ao longe, Nikko julgou ter escutado uma ovação. Mas ninguém estava assistindo além de Orkestres... que fez o sinal com o dedo para espantar o mal.

– Ela sabia que o terremoto estava a caminho – a voz dele soou baixa. – Ela é uma bruxa?

O acrobata deu um passo para trás.

– Não! – bradou Nikko.

Thetis fitou o irmão. Os cabelos dela estavam cobertos de poeira dos destroços. Ela apontou as próprias orelhas, em seguida, os olhos, e balançou a cabeça.

Orkestres pareceu desconfiado.

– O que ela está dizendo? Você entende?

– Acho que ela está dizendo que há certas coisas que ela não ouve, nem vê – desesperado, Nikko tentava encontrar as palavras para convencê--lo. – Uma vez, ela me contou que reparou que os pássaros voam para longe antes de um terremoto. Ela deve tê-los visto fazer isso aqui.

Orkestres encarou Thetis.

– Certa vez, uma sábia mulher me contou que os animais são capazes de pressentir um terremoto iminente – fitou Thetis com os olhos aguçados. – Sem mágica?

Thetis confirmou com a cabeça.

A expressão de Orkestres mudou para aliviada depressa demais. "Nós somos importantes para ele", concluiu Nikko. Mesmo se Thetis *fosse* uma bruxa, ele acharia um meio de não perceber.

Orkestres colocou a mão na cabeça dele.

– Os homens são gravetos no mar quando os deuses resolvem sacudir a terra. Fico contente que a menina tenha notado – ele espiou ao redor, tentando compreender o caos à sua volta. – É melhor verificar se posso ser útil. Talvez haja pessoas presas. Mas vocês ficam aqui. Agora vocês pertencem ao Grande Rei. Você não é nada mau para um aprendiz – acrescentou para Nikko. – Mas aquele pulo da sua irmã foi inspirado. Fiquem – ele repetiu, então marchou rumo às ruínas do palácio.

***

Quando eles deixaram a aldeia devastada já era de tarde. O sol brilhava em meio à poeira vermelha. A melodia dos arrulhos doces dos pombos fazia coro aos soluços daqueles que perderam entes queridos. Mortos e vivos eram retirados dos escombros. Restaram amigos suficientes para cuidar deles e casas suficientes em que apenas o telhado ruiu. Os homens do Rei não tinham mais nada a fazer aqui além de se tornar um fardo para os sobreviventes.

Agora a caravana dos tributos se estendia para longe da aldeia.

Um pônei atrás do outro, curvados sob o peso dos sacos de grão, embrulhos que Orkestres alegou serem roupas, cântaros grandes tampados com rolhas e folhas e cheios de azeite ou vinho, e homens do Rei que conduziam as vacas e as cabras, tentando evitar que os animais se desviassem da estrada para se embrenhar nos pomares ou na floresta.

E esta, aparentemente, era apenas uma das arrecadações de impostos do Grande Rei. Ele enviou seus homens a cada canto do reino.

Nikko caminhava ao lado de Orkestres, segurando a mão de Thetis para que ela não se perdesse na procissão de pessoas e animais. Contudo, à medida que o sol queimava no céu, a comitiva começou a demorar-se e ficou mais longa. Eles já não estavam mais agrupados em cada margem da estrada. De início, Thetis saltitava e até deu um salto com giro, para a admiração dos guardas. Enfim, ela se cansou e passou a andar lentamente ao lado de Nikko. Mas o seu rostinho permaneceu curioso, absorvendo com o olhar tudo por onde passavam.

Não havia mais aldeias – pelo menos no trajeto que eles seguiam. "Nenhum povoado modesto seria capaz de alimentar todos aqueles homens e ter grama para todos aqueles animais", deduziu Nikko. Em vez disso, eles paravam sempre ao entardecer, quando as sombras dos homens ficavam da mesma altura dos donos, os guardas se revezando para catar lenha ou vigiar os animais durante a noite.

Eles mataram uma cabra para comer e assaram a carne na fogueira; dos alforjes, retiraram passas, figos e pão amanhecido. Cada um dormia enrolado no próprio manto, espadas e lanças ao lado, exceto Nikko e Thetis, que não tinham mantos e recebiam peles de couro de vaca para passar a noite.

O solo era mais frio que o catre de casa, mas Nikko estava cansado o bastante para dormir em qualquer lugar, assim como Thetis. Orkestres, porém, sempre acordava quebrado pela manhã, as sombras debaixo dos seus olhos escuras como as nuvens de trovão por detrás da montanha da aldeia natal de Nikko.

No terceiro dia, a paisagem mudou. A floresta deu lugar às árvores dispersas e ao campo aberto, onde os pastores vigiavam rebanhos de cabras, gados e animais diferentes, menores, mais roliços e mais peludos que as primeiras, da cor da terra e das pedras.

– Ovelhas – disse Orkestres, quando Nikko perguntou o que eram. – Uma ovelha fornece tanta lã para tecer quanto dez cabras, e a carne também é mais gorda... – sorriu. – A sua aldeia é tão alta e árida que só os bodes conseguem viver lá.

A colina à frente deles agora ficava cada vez mais próxima. Alguma coisa estranha contornava o sopé, como uma grossa faixa amarela de pedra.

– E aquilo – falou Orkestres, antes que Nikko pudesse fazer outra pergunta – é uma estrada. Fazem-se estradas largas e lisas o bastante para carroças e carruagens.

– O que é uma carru... – balbuciou Nikko.

No fim da estrada, algo fazia barulho. Parecia uma caixa, mas a maior caixa que Nikko já vira, puxada por um boi gigante, atrelado a ela de alguma forma. Umas coisas redondas rolavam debaixo dela.

– Uma carroça – explicou Orkestres. – Feche a boca antes que você acabe engolindo uma mosca. Você aprenderá. Mas não precisa aprender tudo de uma vez só. Eu estou cansado. Pelo menos a sua irmã não faz perguntas o tempo todo.

Nikko olhou para Thetis, que ainda observava a carroça. "Aposto que ela imagina mais perguntas do que eu faço", pensou ele. "Aposto que ela descobriu o que era aquela tal de carroça antes do Orkestres contar".

Era mais fácil seguir pela estrada. Nikko podia caminhar sem prestar atenção em onde os pés pisavam. Os pôneis também trotavam mais alegres agora, talvez sabendo que o fim da jornada estava próximo. Às vezes, outra carroça passava por eles, carregada com pilhas de lenha e cântaros de vinho ou azeite. Agora quase não restavam árvores, exceto por uma fileira de mudas que aparentemente foram plantadas de duas em duas ao longo da estrada. As folhas pendiam baixo demais para a estação do fim do ano, amareladas como a luz suave de outono.

Nikko torceu o nariz. Havia um cheiro esquisito, parecido com carne velha, só que mais doce. Os pôneis também se mostravam nervosos, balançando as cabeças e trotando mais depressa, apesar da carga.

A estrada fez uma curva em torno da colina. De repente, os pôneis pararam. Havia uma fileira de homens do Rei do outro lado da estrada, espadas nas cinturas, lanças e escudos nas mãos.

– Parem em nome de Atreu, Grande Rei de Micenas e senhor de todas as terras!

"Nós já paramos", pensou Nikko. Ele espiou Orkestres. A cara do acrobata ficou branca.

– Não deixe que a sua irmã veja isso – sussurrou aflito. – Cubra os olhos dela. E você, vire de costas.

Nikko estendeu os braços e cobriu os olhos de Thetis com as mãos. Ela permitiu – Nikko suspeitou que Orkestres sabia que ela se debateria se ele mesmo lhe cobrisse os olhos.

Mas Nikko não conseguiu desviar o olhar. O que estava acontecendo aqui?

Duas mudas haviam sido içadas para baixo na estrada, cada uma segurada por um soldado. Enquanto Nikko assistia, outro soldado amarrava os pés de um rapaz no topo de uma das árvores e depois amarrou a cintura à árvore seguinte.

O rapaz gritava. Nenhuma palavra, apenas barulho, dor e horror.

– Feche os olhos! – bradou Orkestres. – Já!

Imediatamente, Nikko obedeceu. Os gritos se tornaram mais desesperados. Agora se ouvia uma palavra.

– Não! Não. Nãooooooooo!

Algo se rasgou o ar, como uma águia em voo rasante. Ele sentiu gotas mornas no rosto, algo pegajoso na mão...

Abriu os olhos.

Agora as mudas estavam eretas de novo. Havia alguma coisa vermelha pendurada nelas: uma perna, um braço... sangue por toda parte. Escorrendo das duas metades do corpo, escorrendo nas árvores. Nikko limpou o rosto instintivamente e percebeu que não estava mais cobrindo os olhos de Thetis.

A cara dela estava branca, os lábios franzidos com tanta força que também pareciam brancos. Ela olhava fixo para as árvores, a cabeça, e depois aos poucos olhou para os guardas que viajavam com eles.

Alguns pareciam nauseados, como Orkestres. Outros riam ou faziam piadas. Agitados, os pôneis empurravam uns aos outros. Mesmo quando os guardas puxaram as rédeas para acalmá-los, os animais mostraram-se assustados.

– Podem ir agora – os soldados recuaram para deixá-los passar.

– Quem era ele? – cochichou Nikko.

Orkestres espiou em volta para ter certeza de que nenhum dos guardas poderia escutá-lo.

– Um ladrão. Talvez um assassino. Ou talvez só alguém que aborreceu o Grande Rei.

– Quando deixarão a família enterrá-lo? – não havia parentes para assistir, reparou Nikko. Ninguém para chorar ou sofrer.

– Não deixarão. Ele vai ficar pendurado lá até os corvos comerem a carne, até os ossos despencarem para os lobos.

– Mas... mas não pode!

Os fantasmas dos homens insepultos rondavam o mundo, gemendo e clamando vingança.

– Você verá outros como ele – Orkestres falou baixinho. – Ossos pendurados nas árvores. É por isso que essa fileira de árvores está aqui, ao longo da estrada para Micenas, onde qualquer um que pense em desafiar o Grande Rei possa vê-los. Os corpos são uma advertência: agrade o Grande Rei ou morra. Mas nunca os mencione. Nunca – ele lhes lançou um olhar. – Agora você entende por que precisa agradar o Grande Rei? Tudo que você conheceu até hoje foi um chefe de aldeia. Mas o Grande Rei governa sob as graças da Mãe. Ele é todo-poderoso. Sempre. Em todos os lugares – Orkestres tocou a corrente de ouro na garganta. – Mas, se você o agradar, a vida pode ser boa.

Thetis se abaixou e vomitou impecavelmente na margem da estrada. Orkestres aguardou que ela terminasse, e um bando de cabras passasse, depois apanhou um punhado de grama e lhe secou o rosto. Ele a pegou no colo e a aninhou nos braços. Para a surpresa de Nikko, ela aceitou, aconchegando-se como se quisesse consolo.

– Você contou que os seus joelhos doem quando carrega qualquer coisa.

– Só por um tempo – Orkestres replicou com delicadeza. – Até passarmos as árvores. Certas coisas são duras para as menininhas verem. Os homens podem suportá-las melhor.

Caminharam em silêncio em volta da colina. A relva de outono era descorada e pendia em pequenos tufos dourados conforme o sol refletia nela. Pequenas torres se ergueram no alto, cada uma controlada por um par de guardas que vigiavam as colinas e as planícies. Nikko manteve os olhos meticulosamente desviados das árvores ao longo da estrada. Mas ainda assim ele sentia como se pudesse ouvir os gritos sussurrando ao vento e a lamúria dos fantasmas sem terra espalhada sobre as sepulturas.

Numa das torres, os homens reuniam as cabras dispersas e acenavam em despedida para os companheiros. As cabras, pelo jeito, deveriam pastar aqui fora e não seguir até Micenas. O restante da caravana dos tributos continuou caminhando. Logo Nikko parou de ouvir os balidos. Eles evocavam lembranças de casa. A traição da família ainda doía: uma punhalada cuja ferida se reabriria muitas vezes nos próximos anos. Mas, apesar disso, Nikko sentiria falta do que outrora foi familiar.

Quando eles dobraram a última curva, o sol vermelho pendia baixo, deixando a estrada alaranjada. Nikko prendeu a respiração. Sentiu que Thetis estremeceu na sua frente.

Muralhas tão vastas que só podiam ter sido construídas por gigantes. O palácio se erguia acima de tudo, com pequenas torres pintadas de vermelho, paredes brancas, colunas listradas em todas as cores, tudo tingido de dourado pelo sol.

Havia homens parados nas muralhas, tão distantes que pareciam bonecos infantis. As lanças pareciam finas como fios de pelo de cabra. Acima de tudo isso, penhascos escarpados refletiam a luz do sol, como se bradassem: "Não ouse me invadir!"

– Micenas. A Casa do Leão – disse Orkestres. – Ela nunca cairá enquanto houver homens.

A estrada fez outra curva. Agora ela ficou ainda mais larga. Então, de repente se tornou estreita entre as muralhas de rocha. A estrada já não tinha mais um pavimento de pedras arredondadas coladas com lama, mas grandes pedras quadrangulares, tão grudadas umas às outras que pareciam uma só. À frente deles, erguia-se um imenso portão, alto o bastante para dar passagem a uma carroça abarrotada, "estreito o bastante", pensou Nikko, "para deter um exército". Sustentada por uma pilastra, a pedra grande da padieira tinha dois imponentes leões da montanha entalhados. A pilastra era vermelha. Os leões tinham um brilho mais dourado que o do sol.

Os homens do Rei agora pareciam alegres. "Eles chegaram em casa", deduziu Nikko, "ou quase". Olhou para Orkestres. Ele também demonstrava ter relaxado, como que antevendo um banho quente e uma cama macia à sua frente.

Os guardas olharam para baixo quando eles atravessaram o portão. Um dos próprios homens fez uma saudação e ganhou um aceno em troca.

A estrada estreita com suas muralhas altas prosseguia. "Seria fácil cravar uma lança em qualquer um aqui embaixo", Nikko presumiu, "capturar qualquer inimigo do Grande Rei".

Ao mesmo tempo, todos alcançaram duas passagens, menores que os portões dos leões. Orkestres se virou para tomar o portão direito, com Nikko e Thetis. Acenou para os companheiros com a mão.

– Bom descanso e bom retorno ao lar – gritou.

– Espere! – o mais idoso dos guardas correu até eles. – Todos os escravos devem seguir direto para o palácio. Você conhece as regras.

Orkestres o encarou.

– Meu bom homem, estas crianças só têm valor porque eu posso treiná-las. Elas precisam vir comigo.

– As crianças são tributos, igual à cevada ou às cabras – o sujeito insistiu com teimosia. – Eles são escravos como quaisquer outros. O ecônomo decidirá o que o Rei espera delas.

– Do que o Rei precisa mais? De um casal de escravos inexperientes, ou de acrobatas para fazê-lo sorrir?

– Não cabe a mim decidir. Nem a você.

Nikko colocou os braços em torno de Thetis. Ela sentia frio e estava quieta demais.

– Muito bem – Orkestres respondeu seco. Tomou a mão de Thetis, depois a de Nikko, como que para impedir que o outro homem os levasse embora. – Vou falar com o ecônomo pessoalmente. Você aceita isso?

O homem concordou.

Os três dobraram à esquerda e começaram a caminhar ao longo do pavimento de pedras, rumo às sombras do palácio.

Capítulo 11

Estava ficando escuro, mais escuro ainda sob as sombras das muralhas. Pelos portões e janelas abertos de ambos os lados, Nikko podia enxergar o interior dos cômodos, iluminados pelo fogo das lareiras: pessoas deitadas em seus leitos ou comendo os últimos bocados de pão. O estômago dele roncou. Eles pularam a refeição do meio-dia para chegar em Micenas ao anoitecer.

Alguns quartos permaneciam escuros, sem fogos acesos. Mas cada construção era maior do que todas as da aldeia de Nikko. Muitas eram maiores até mesmo que o salão onde eles se hospedaram na viagem, erguendo-se mais alto do que qualquer outra casa que ele já havia visto.

Os aromas também eram estranhos. Além dos cheiros normais de gente – carne sendo assada, pão fresco (o estômago tornou a roncar) – havia outros odores: animais cujo cheiro ele jamais tinha sentido antes e fragrâncias mais poderosas do que qualquer uma das flores silvestres da montanha da sua aldeia natal, embora não houvesse nenhuma flor à vista.

A estrada contornava o palácio, as paredes de pedra brancas ainda muito reluzentes sob os últimos raios de sol. Uma escadaria colossal conduzia ao que aparentava ser um imenso terraço. Mas Orkestres a ignorou e caminhou na direção da porta de madeira gigante, similar às portas no fim do corredor, com dobradiças e pregos de bronze, e abriu.

Por dentro, parecia uma caverna, mas era maior do que qualquer caverna que Nikko já tinha visto. Estava iluminada por estranhos aparatos com tochas flamejantes, como as que ele viu no caminho. As sombras corriam e se entrelaçavam, enquanto as chamas serpeavam na brisa como se estivessem vivas.

"Ou são as sombras dos mortos", pensou Nikko, lembrando dos ossos ao longo da estrada, "reunidas aqui para assombrar os homens que os mataram".

Mas mais ninguém parecia preocupado com as sombras. Até Thetis avançou, mais fascinada que assustada com os objetos na sala gigante. Havia cântaros enormes, os maiores que Nikko já viu, lacrados, brilhantes e impermeabilizados com cera de abelha. Queijos pendiam do teto. Mais no fundo, silhuetas brancas estavam suspensas na escuridão. Nikko espiou mais de perto. Conseguiu discernir pernas e cabeças...

Por um momento, ele pensou que fossem homens, homens mortos pendurados sob o palácio. Mas então percebeu que eram porcos, prontos para assar, assim como qualquer javali que caçavam na aldeia era dependurado com as tripas e pelos arrancados.

Foi só então que Nikko avistou o homem. Ele era baixo, talvez da sua altura, mas redondo como um jarro de azeite. Era impossível adivinhar a idade dele. A cabeça era calva, a pele estufada demais de gordura para revelar rugas, inflado como a bexiga de porco que os meninos da aldeia às vezes chutavam por entre as cabanas. Os olhos dele também pareciam olhos de porco: pequenos e espertos. Ele segurava um pedaço de barro molhado em uma das mãos e uma vareta na outra. Havia um homem de cada lado, com o peito nu, vestindo togas brancas, cada um segurando um tablete de barro e uma vareta também.

– Então, isso soma quinhentos vasos de cevada e a metade de trigo... Não é o bastante para nos sustentar durante o inverno, mas os navios de Evia e outras ilhas ainda não chegaram – ele ergueu o olhar para Orkestres. – Ora, você voltou, Orkestres. Como foi a coleta de impostos este ano? E quem são esses aí? – encarou Nikko e Thetis. – Eu não lhe dei ordens para trazer escravos este ano. Escravos precisam ser alimentados e a safra foi fraca. Do jeito que as coisas vão, metade dos teares estarão parados na primavera. As tecelãs precisam ser alimentadas assim mesmo.

– Senhor ecônomo – Orkestres deu um passo à frente. – É tudo responsabilidade minha. Estas crianças têm talento. Um grande talento.

Sob a minha orientação, elas se tornarão um prodígio. Sem dúvida, o objetivo de ambas as nossas tarefas é ver Sua Majestade feliz.

– A *minha* tarefa é cuidar para que ninguém em Micenas morra de fome no inverno.

Orkestres espiou Nikko e Thetis, em seguida os assistentes do ecônomo. Agora eles não fingiam que contavam os cântaros.

– Talvez devêssemos discutir isso em particular?

O ecônomo encarou Orkestres, depois deu de ombros. Ele se dirigiu mais para o fundo do grande salão, longe da luz das tochas. Orkestres o seguiu, gesticulando para Nikko e Thetis continuarem onde estavam.

Nikko podia ouvir os pôneis nas cercanias; os guardas deviam estar descarregando os animais. Um deles relinchou baixinho, talvez por farejar o estábulo e foi respondido por outro na colina.

– Não se preocupe. Orkestres nos manterá a salvo – sussurrou Nikko. Ele não sabia se estava tranquilizando a Thetis ou a si próprio.

Afinal, Orkestres ressurgiu da escuridão. Ele acenou com a cabeça para os homens com tabletes de cerâmica e tomou a mão de Thetis, depois a de Nikko. Começou a marchar com eles colina abaixo.

– Eu acho... acho que está tudo bem – Nikko cochichou pelas costas do treinador. "Mas como Orkestres havia convencido o ecônomo a deixar-nos ir?", pensou.

Thetis tocou a garganta e depois apontou para Orkestres.

Nikko observou o acrobata no escuro. Thetis tinha razão: a corrente de ouro de Orkestres já não estava em seu pescoço.

Quando eles tornaram a alcançar os dois portões, a escuridão era densa, embora as paredes de pedra e a estrada refletissem luz suficiente das estrelas para que eles encontrassem o caminho. Agora, atrás do portão direito, ao longo de outra via cercada por altas muralhas, de repente, os pés deles não pisavam mais em pedras e, sim, no que parecia uma grama verde macia, do tipo que cresce perto dos riachos, não os tufos crespos das colinas.

Eles estavam num pátio com grandes prédios em três dos seus lados. A maioria era escura, porque as portas e janelas estavam fechadas para proteger da noite, mas o brilho de chamas ou lamparinas de sebo que escapava das frestas em algumas venezianas fornecia a luz necessária para se enxergar.

– Lar – disse Orkestres baixinho. – Venham. Por aqui – ele pegou Thetis no colo assim que uma voz gritou da porta mais próxima.

– Orkestres, seu filho de uma porca, é você? Você prometeu que voltaria meia lua atrás. É melhor ter trazido um presente decente para mim desta vez ou você vai apodrecer numa cama fria.

A porta se abriu. Atrás dela, uma fogueira se consumira até restarem apenas brasas, com uns poucos gravetos atirados às pressas, que começavam a chamejar na penumbra.

A mulher era tão gorda quanto o ecônomo e até mais baixa. O seu cabelo era de um dourado lustroso, diferente de qualquer cabelo que Nikko já vira, trançado e preso no alto da cabeça. Ela vestia calças como as que Orkestres usava para se apresentar, mas estas batiam nos tornozelos e eram feitas de algum tecido macio, costurado em quadrados vermelhos, beges e amarelos. A camisa dela também era vermelha. Em torno do pescoço, uma corrente com pedras vermelhas reluzia como um raio de sol. Ela segurava uma lamparina de azeite como aquelas usadas no salão e os encarou, olhando direto no rosto, e não de lado, com a face recatadamente desviada.

– Bom, o que você me trouxe?

Orkestres riu. Ele a abraçou, tomando cuidado para não derramar o azeite da lamparina e beijou uma das bochechas redondas e vermelhas.

– Um colar de pérolas tão grandes quanto ovos de pombo e um corte de seda também.

– Humpf. Faz tempo desde quando isso até poderia ser verdade – ela ergueu mais a lamparina. – Quem são esses dois? Carneirinhos que você me trouxe para a panela?

– Estas, minha preciosa Dora, são as crianças que farão a nossa fortuna outra vez. A menina consegue saltar, o menino consegue pegá-la. Ele também é um cantor razoável e compõe a própria música. Da próxima vez que o Rei me enviar a algum lugar, não será para aldeias pestilentas. Será para o reino de Atenas...

– E os pombos botarão aquelas pérolas em vez de ovos – retrucou a mulher, Dora, com sarcasmo. – Bem, venham, entrem, não fiquem aí parados como estátuas rachadas. A menina, qual é o seu nome, criança? Deve estar congelada.

– O nome dela é Thetis. Ela não fala – contou o garoto. – E eu sou Nikko, seu irmão.

Antigamente, Nikko acrescentaria "filho de Giannis". Mas agora, não.

Dora lhes lançou um olhar aguçado, conduzindo-os para dentro pela porta estreita.

– Por que ela não fala? Feitiço? Ou nasceu assim?

Nikko tentou pensar na resposta mais segura.

– O nosso pai a fez jurar que não falaria – disse ele, afinal.

– Por que, em nome das três faces da Mãe, ele faria isso?

Nikko deu de ombros.

– Assim são os homens. E incluo você, Orkestres. Olhe pra você, apenas um manto fino e pernas e peito ainda nus, mostrando os músculos como um pombo, se exibindo para Deus e o mundo ver. Amanhã, os seus ossos vão doer e você vai ficar me chamando para massageá-los com óleo de murta.

Ela colocou os braços em torno dos ombros de Nikko e Thetis e os encorajou a entrar na sala, fechando a porta rápido por causa do frio.

– Aqueçam-se perto do fogo enquanto eu coloco esse meu jumento teimoso num banho quente. Não há nada como água quente para aliviar juntas doloridas – ela cutucou Orkestres. – E aposto aquele fio de pérolas que eu não ganhei que as suas estão doendo como se tivessem sido mordidas por ratos. Eu sempre guardo uns dois cântaros grandes perto do fogo para ter bastante água quente – acrescentou para Nikko e Thetis. – Vocês também podem tomar banho logo que Orkestres terminar.

Ela saiu afobada por outra porta, carregando a lamparina e empurrando Orkestres na sua frente.

Nikko olhou em volta. O fogo no centro da sala flamejava de forma vívida outra vez, iluminando o cômodo com uma luz vermelha bruxuleante. As paredes eram pintadas, como as daquele salão, mas eram muito afastadas da lareira para que ele pudesse distinguir as cenas. O chão de pedra era coberto por tapetes de pele de urso, quentes e macios sob os seus pés. Havia uma mesa – ele tinha aprendido essa palavra na viagem – feita de madeira brilhante e com entalhes nos pés que pareciam cabeças de leão, e outro tapete sob os assentos de madeira. Eles também brilhavam de tão polidos. Num canto da sala, havia um grande tear – maior do que qualquer um que ele tinha visto na aldeia – e novelos de fio pendiam das paredes.

Não havia nenhuma cama dura. Nikko sentou numa das cadeiras, e ergueu as mãos para esquentá-las no fogo. Thetis sentou no tapete aos pés do irmão.

– Eles parecem bondosos – cochichou.

Thetis pensou um instante. Concordou com a cabeça, mas também levantou as mãos num gesto indicando "quem sabe?".

Por toda parte, ouviam-se ruídos, agora que haviam relaxado o bastante para escutar: sons longínquos de risadas e música, tamboretes raspando na pedra, um homem berrando de raiva. Do aposento vizinho, Nikko conseguiu ouvir vozes baixas, água sendo derramada numa banheira e então o suspiro de Orkestres. O perfume de alguma coisa cheirosa encheu a sala, como ervas nas encostas da montanha.

Dora reapareceu, os seus pezinhos rechonchudos surpreendentemente silenciosos. Eram pés brancos e macios, com calcanhares lisos. "Os pés de alguém que nunca precisou puxar um arado ou catar lenha", concluiu Nikko.

– Bem, vamos dar uma olhada em vocês. Primeiro comida, eu diria, e depois banho também. Sabe-se lá que bicho vocês não pegaram na viagem e eu não quero pulgas nos meus bons cobertores. Enchi os cântaros para esquentar de novo. Fiquem sentados aqui enquanto eu trago um pouco de comida – ela riu da expressão na cara deles. Os dentes dela eram bons: faltavam apenas alguns, dos lados. – Não, eu não vou caçar para trazer um cervo assado. Há comida nas cozinhas do palácio para qualquer um que desejar, depois que o Rei for servido, claro. Vocês, sentem-se aqui e descansem, sim?

Nikko concordou. Thetis já havia apoiado a cabeça nas pernas. Estava quase adormecida.

Os olhos de Nikko também já estavam fechando quando Dora retornou, encostando a porta de madeira para evitar a friagem de outono. Ela depositou as trouxas sobre a mesa e atirou mais lenha da pilha no canto na fogueira.

— Orkestres, não vem comer? Esse tem a alma de uma andorinha. Se ele tiver caído no sono na água fria, amanhã vai estar duro demais para se mexer. Ah, você está aí. — Orkestres saiu, enrolado num manto de lã vermelho com borda verde.

Nikko olhava atentamente. De súbito, o cabelo e a barba de Orkestres ficaram grisalhos, não pretos, e os seus olhos também pareciam menores.

Orkestres notou a atenção.

— Eu vou passar mais tintura amanhã ou a Dora passa. Ela tem mais jeito para isso... Ah, o público quer ver jovens mancebos, não velhotes como eu.

— E os seus olhos?

Orkestres sorriu.

— Truques de beleza. A Dora mostrará a vocês também. Agora, o que temos?

— Carne assada, acho que é cordeiro, e pão de trigo. Os pães gostosos acabaram todos, tive sorte de conseguir este. E figos, uvas e romãs. *Eu cozinhei marmelos* — Dora acrescentou com satisfação — e leitão assado também. Bem-feito, por voltar atrasado. Você merece ganhar só um pouco — sem parar de tagarelar, ela passou um jarro de vinho para Orkestres.

— Só um pouco? — murmurou Nikko.

Thetis estava desperta agora, admirando a comida. Dora afagou seu cabelo, depois lhe passou um pedaço de pão com carne.

— Coma, criança, depois vamos colocar você na cama. E também não precisa engolir tudo — Thetis fitou Dora, automaticamente mastigando mais devagar. – Pobre carneirinho faminto. Temos tudo o que você quiser comer de agora em diante, portanto pode ir com calma e mastigar bem. Oh, nós vivemos bem aqui – dirigiu-se a Nikko. – Comida, roupas, óleos, vinho, lenha e quartos para morar. Tudo de que precisamos, nós, os servos do Grande Rei.

Nikko pensou no prisioneiro que morreu naquela tarde. Deixou a carne de lado e, em troca, apanhou o pão e as uvas. Ele sentiu que passaria mal se comesse carne.

– Amanhã mandaremos buscar camas para vocês, mas devem chegar mais peles a qualquer momento. Vocês podem se acomodar naquelas perto do fogo...

Ela se calou ao ouvir uma batida na porta. Um homem entrou, vestindo a toga lustrosa de um soldado, com uma alta pilha de peles nos braços.

– Bem-vindo de volta, acrobata.

Orkestres acenou.

"Ele manteve o rosto afastado da luz do fogo para que o soldado não o visse com cabelos grisalhos", pensou Nikko. De repente, sentiu-se feliz por Thetis estar muda. Quanto ela não teria visto e falado a esta altura!

Por um segundo, Nikko visualizou uma imagem tão vívida do corpinho da irmã pendurado, sangrando e sem vida na estrada, que chegou a estremecer.

– Hora do banho e depois cama – Orkestres falou baixinho, enquanto o ruído dos passos do soldado na estrada de pedra desaparecia.

– Exatamente – disse Dora. Ela ficou na ponta dos pés e beijou a bochecha do marido. – Acho que estou feliz com os meus carneirinhos – admitiu com ternura. – Muito melhor do que o tal colar de pérolas.

As peles eram macias e mais grossas do que qualquer uma que Nikko já tocara. "Talvez fosse de um daqueles bichos peludos, a ovelha", Nikko presumiu. Ele podia ouvir cochichos no quarto vizinho, onde Orkestres e Dora deviam estar se preparando para dormir. Thetis estava enroscada junto dele, com a respiração suave e ritmada. O cabelo dela cheirava às flores do banho e do óleo aromático que Dora passou com o pente enquanto secava perto do fogo. Ele acabara de trançar o próprio cabelo, sem esperar secar. O banho deixou no corpo uma sensação de frescor e repouso ao mesmo tempo. O estômago parecia tranquilo depois da bela refeição.

A vida aqui parecia cheia de luxos...

Desde que se agrade o Grande Rei.

Capítulo 12

Orkestres já tinha saído quando eles acordaram tarde na manhã seguinte, exaustos da viagem e de tantas novidades. Dora estava sentada no canto da sala, girando silenciosamente um fuso de lã.

– Ele está lá fora contando histórias da viagem para os amigos. Se eles tiverem sorte, algumas até serão verdadeiras. Mas ele não contará a ninguém sobre vocês. Quanto menos suspeitarem, maior a surpresa quando vocês se apresentarem pela primeira vez, supondo que vocês têm tanto talento quanto ele acha. Chega de comida – ela acrescentou às pressas, quando Nikko instintivamente tentou apanhar um pouco das sobras da véspera. – Você vai ficar enjoado se treinar logo depois de comer. Faça os alongamentos matinais antes e coma depois – ela sorriu. – Vejamos o que eu posso ensinar.

– Você? – Ele corou. Não tinha a intenção de soar ofensivo.

Mas a mulherzinha gorda gargalhou. Hoje, o cabelo escapava das tranças, preso com grampos de bronze num emaranhado no alto da cabeça. Parecia ainda mais brilhante à luz do dia.

– Veja a sua irmã. Ela não está sentada ali achando graça da ideia de se tornar uma acrobata. Você vê algo que o seu irmão mais velho não enxerga, não é, ovelhinha?

Thetis concordou.

– Você é a sabichona da dupla, não é? Bem, isso deixa você em boa vantagem por aqui – Dora enfiou a cabeça para fora da porta e chamou um dos sentinelas das muralhas. – Boasis! Empreste-me a sua espada, amorzinho.

Uma espada? Por que uma mulher iria querer uma espada? E como uma mulher ousava chamar um homem daquela maneira?

Mas, para a surpresa de Nikko, o soldado se limitou a rir. A voz dele soou afetuosa ao responder.

– Tudo que você quiser, querida Pandora.

Ele jogou a espada. Dora a pegou pelo punho antes que ela caísse no chão, depois soprou um beijo para ele.

Ela entrou novamente, prendeu a ponta e o cabo da espada entre as toras de lenha, a lâmina para cima, e a cutucou com um pé, como que para ter certeza de que estava firme. Fitou as crianças.

– Viram? Ótimo.

Ela subiu a barra da calça com as mãos, mostrando as pernas tão grossas quanto as de um boi, com veias azuis sob os joelhos. Esta manhã, seus calcanhares exibiam uma coloração vermelho-clara. "Não", pensou Nikko, "aqueles pés macios jamais tinham pisado na terra, colhendo cevada".

De repente, ela moveu os pés para trás e para a frente, num estranho passo de dança saltitante. Cada vez mais alto, os pés atingindo quase a altura do joelho agora. E então ela saltou...

Nikko perdeu o fôlego. Ao lado dele, Thetis gritou, expelindo o som, como se o choque fosse grande demais para guardar silêncio.

Dora pairava equilibrada, um pé na frente do outro, a maciez pressionando a lâmina afiada da espada.

"Como ela conseguia ficar tão imóvel?", Nikko se perguntou abismado. Por que seus pés não estão sangrando, rasgados até o osso?

Lentamente, quase devagar demais para se ver, Dora ergueu os braços. Agora eles estavam logo acima da sua cabeça. De uma só vez, ela os abaixou, como um pássaro prestes a decolar. Ao mesmo tempo, deu outro pulo, direto para o chão.

Nikko olhou a espada. Ela cintilava à luz que entrava pela porta. Nem uma gota de sangue manchou a superfície.

Thetis ajoelhou e tocou a lâmina afiada da espada. Virou-se para Dora, o semblante curioso, então apontou os próprios pés e, em seguida, a espada.

Dora riu novamente. Agora a sua voz soou orgulhosa.

– Sim, minha ovelha, eu posso lhe mostrar como.

– Não! – O grito de Nikko saiu antes que ele soubesse o que dizer.

Thetis encarou o irmão e empinou o queixo. "Ela não precisava falar 'eu quero aprender'", pensou Nikko. Não em voz alta.

– É uma questão de equilíbrio – Dora explicou baixinho. – De aprender a distribuir o peso equilibradamente, e de uma só vez, para que nenhuma parte do seu pé toque a lâmina antes do resto. Você deve ser capaz de aprender esse truque, menino. Pois se apresentar diante de um Rei... ora, é uma arte, e também uma técnica. Você precisa descobrir o que impressionará mais a plateia. Um menino andando lentamente sobre uma espada: isso pode arrancar uma exclamação ou duas, antes de eles recomeçarem a mastigar a carne. Mas se você dançasse com duas espadas equilibradas nos ombros e sorrir como se não carregasse a morte, isso faria o público gritar e condecorar você com joias. Metade das quais você dará a Orkestres e a mim, como é justo e adequado, visto que Orkestres descobriu vocês e os treinará. Mas haverá ouro o bastante para todos nós e, quando morrermos, o que tivermos será de vocês, como nossos aprendizes, pois não temos nenhum carneirinho nosso. A vida é boa por aqui – ela completou com mais delicadeza. – Mesmo quando vocês forem velhos demais para interessar o Grande Rei, ele não os mandará embora, não após terem dado a ele alguns anos bons. Quando eu engordei, ele mandou me ensinarem a ser fiandeira. Só de lã, não daquele tipo de pano fedorento que fura os dedos. E também posso fazer isso aqui, não no galpão lá fora das muralhas com os escravos. Orkestres e eu ganhamos tudo de que precisaremos até o fim da vida...

Thetis deu um passo na direção dela e lhe puxou as calças. Dora demonstrou saber o que ela queria dizer mesmo sem palavras.

– Exceto a glória. Sim, você acertou, ovelhinha. Depois de ter ouvido os gritos, aquele ofego de falta de ar, como se eles não acreditassem no que estão vendo... é difícil viver sem isso. Mais difícil para Orkestres do que para mim, mas os homens são assim. Agora eu lhes mostrarei os exercícios de alongamento e um passo de dança ou dois. Do contrário, vocês desmaiarão de fome antes de começar.

Capítulo 13

E assim eles treinaram, sempre confinados aos dois aposentos da residência de Orkestres e Dora. Primeiro, o alongamento e os saltos, depois danças simples ao ritmo que Dora marcava tamborilando com os dedos, ambos no chão e Thetis nos ombros de Nikko. Eles também aprenderam a colocar os pés na lâmina da espada, mas sem se deslocar sobre ela. São necessários meses de prática, disse Orkestres, para fazer aquilo com segurança. Eles só teriam uma chance de impressionar o Grande Rei.

Entre as sessões de treinamento, eles ajudavam Dora, penteando a lã para remover as sementes de grama e os pedaços de estrume, enrolando para formar grandes laços quando ela girava a roca, ou mexendo a panela quando ela fervia as cascas de árvore e liquens para produzir as tinturas. O som da roca era um fundo constante para os treinos, pois ela mantinha um olho neles e o outro no trabalho. O tear de Dora produzia um tecido tão fino que podia passar pelo buraco de uma agulha, com estampas de peixes, ondas e aves, muito mais fino que qualquer pano visto na aldeia natal de Nikko, na qual até mesmo o tecido tingido numa única cor era um luxo.

Ele ansiava por explorar as dependências do palácio e Thetis ficava sentada espiando pela porta durante horas. Mas Orkestres era firme.

– Vocês não devem chamar a atenção de ninguém. Eu quero que o ecônomo, os guardas e qualquer um que já tenha visto vocês esqueçam que estão aqui.

Nikko abraçou os joelhos e olhou para ele.

– Por quê?

Orkestres gostava que lhe fizessem perguntas, nunca as respondia com um safanão na orelha.

– Se o Grande Rei ouvir falar de vocês, talvez fique curioso e queira vê-los se apresentar. E caso vocês dancem para ele antes de estarem adequadamente treinados, antes que possam deixar a plateia de queixo caído e o Grande Rei com um sorriso estampado na cara, talvez nunca mais sejam convidados de novo. Você quer mesmo voltar a pastorear cabras, agora para o Grande Rei? E, quanto à sua irmã...

Nikko concordou. Não era necessário falar mais nada. Dora havia comentado sobre as mulheres do Grande Rei. Não só a esposa, a rainha e mãe dos seus filhos, que raramente era vista fora das alas femininas, e a irmã Xurtis, a Alta Sacerdotisa, que fazia sacrifícios à Mãe e interpretava as profecias da serpente, mas as outras mulheres que dividiam a cama com o Rei e que lhe davam filhos.

Dividir a cama com o Grande Rei era uma honra, contou Dora. Entretanto, Nikko não desejava isso para a irmã, tampouco uma vida como criada ou tecelã nos galpões fora das muralhas.

Nos intervalos entre as sessões de treinamento, eles espiavam pelas frestas nas janelas. Até mesmo aqueles insignificantes vislumbres da vida além de quatro paredes eram fascinantes. Muitos outros, pelo visto, moravam em quartos próximos ao pátio deles: soldados aposentados com cicatrizes nos braços e pernas sob as togas de couro; dançarinas que voltavam mancas e cansadas após uma noite no palácio, com sombras escuras debaixo dos olhos e túnicas transparentes que deixavam os seios à mostra e todo o resto quase tão exposto quanto.

Também havia outros artistas habitando esta ala. Às vezes, eles até ensaiavam do lado de fora, onde as crianças podiam assistir a eles: Héracles, o homem forte, que conseguia quebrar uma corrente de bronze presa no peito simplesmente flexionando os músculos; Simonides, o malabarista, capaz de manter dez adagas no ar ao mesmo tempo. Homens enrugados, velhos demais para continuar se apresentando, reuniam-se em bancos de pedra sob as árvores e assistiam aos números ou tagarelavam enquanto bebiam vinho diluído em água.

A muralha da cidade que se erguia no alto de um dos lados era ainda mais fascinante que o pátio. Essa muralha era chata no topo e ampla o bastante para que duas pessoas passassem juntas ao mesmo tempo. Era usada como estrada, ao que parecia, pelos homens e mulheres aristocratas do palácio. Essas mulheres eram carregadas em liteiras de madeira polida incrustada com turquesa ou prata: grandes cadeiras fixas sobre quatro hastes carregadas por quatro escravos.

As mulheres ricas vestiam longas saias de lã fina, com padrões em volta da barra ou muitos babados abaixo das cinturas marcadas com faixas apertadas. A maioria trazia os seios à mostra, que escapavam das dobras dos xales, e deixavam Nikko enrubescido enquanto não se acostumava com aquilo. Os cabelos caíam em cachos ou tranças entrelaçadas com joias e fitas. Cobriam os pescoços com faixas de ouro ou prata, até a altura do queixo. Algumas eram jovens como Thetis, outras mais velhas que qualquer mulher já vista por Nikko, com cabelos grisalhos em anéis prateados e coloridos pássaros adestrados pousados nos ombros. As moças se mantinham recatadamente cabisbaixas. As mais velhas, porém, olhavam os homens nos olhos e até encaravam os rapazes com apreciação.

Os nobres também vestiam saias: não túnicas como as dos aldeões, e, sim, togas semelhantes às usadas pelos soldados, na altura do joelho e dobrada na frente para facilitar quando corressem ou andassem a cavalo, com cintos apertados para fazer a cintura parecer menor. Eles raspavam os pelos dos peitos nus e lustrados com azeite, e as barbas eram cacheadas e oleosas como os cabelos. Nenhum deles portava espadas ou lanças no interior das paredes do palácio – esse era um dever dos guardas –, a menos que estivessem de partida para um dia de caça. Mas todos usavam joias: ouro nos pulsos e tornozelos; correntes douradas cravejadas de pedras azuis, vermelhas ou verdes. Um homem carregava no ombro uma criaturinha semelhante a um humano em miniatura, recoberto de pelos e com uma cara enrugada.

E havia cachorros domesticados, que obedeciam às ordens dos donos, não lobos da floresta.

Passou-se um mês e outro. As fiandeiras da Lua teciam o fio de prata para, em seguida, deixá-lo tornar a mergulhar noite adentro.

Às vezes, Nikko sonhava com a aldeia na montanha. Outras, despertava suado com pesadelos: ele, à caça na floresta, tentando encontrar a mãe ou o povoado, sabendo que, por mais que procurasse, nunca seria capaz de voltar. Numa ocasião, sonhou que o pai o amarrou a uma árvore e ele precisou se debater na corda até ter idade e força suficientes para derrubá-la.

Mas, ao acordar, sempre se deparava com as brasas reconfortantes da lareira, a respiração suave de Thetis e os roncos que vinham do quarto vizinho, onde Dora e Orkestres dormiam. Ele sentia a maciez dos cobertores felpudos e o bem-estar de uma boa refeição na barriga. A mágoa e o ódio se dissipavam. E, mais tranquilo, ele voltava a dormir.

O inverno deixou o ar rarefeito e frio. Agora as mulheres nas liteiras se aninhavam debaixo de peles e cobertas, os servos se esfalfavam para trazer pedras recém-aquecidas para colocar sob os pés delas. Os homens envergavam mantos tão belos quanto as togas: feitos de lã com padrões em amarelo, vermelho e verde, ou de pele de carneiro ou de urso.

Nikko podia sentir o cheiro pungente da neve nas proximidades. Mas os fogos de mil fogueiras pareciam aquecer o mundo de Micenas, a lenha era trazida de carroça das montanhas, visto que a maioria das planícies ao redor da cidade já haviam sido desmatadas para servir de pasto para os animais ou de carvão para os navios do Rei. Nunca era realmente frio dentro dos limites de Micenas. Até as muralhas de pedra pareciam irradiar o calor das fogueiras no interior dos lares e dos pátios. A fumaça se agarrava como uma túnica suja à pele de Nikko; o suor parecia impregnado dela. Mas havia os banhos diários para lavá-la.

Nos aposentos de Orkestres, à noite, Dora atiçava o fogo com grandes tocos de lenha para que ainda restassem brasas acesas pela manhã. Todos os dias, Nikko se maravilhava com o calor do piso. Agora Orkestres ajudava Dora a carregar a lenha, pois as toras eram pesadas demais para ela aguentar sozinha e, naqueles dias, não havia nenhum servo para atendê-los. Mas ele só carregava a lenha ao escurecer, quando nenhum dos seus amigos poderia vê-lo fazer o trabalho de um servo ou de uma mulher.

E as aulas continuaram. Nikko conseguia dar um salto mortal triplo de costas e cair apoiado na cabeça, equilibrando-se com os braços. Podia dançar uma centena de passos diferentes, deslocando os pés enquanto mantinha os ombros firmes para que Thetis conseguisse se equilibrar. Ele percebia que se tornava mais flexível a cada dia, capaz de se esticar mais e saltar de maneira mais graciosa para trás ou para a frente. Pela primeira vez, Nikko sentia um orgulho genuíno do próprio corpo. Nenhum menino da sua aldeia de origem seria páreo para ele agora.

Porém, Thetis era muito mais ágil, tão confortável sobre os pés quanto sobre as mãos, fazendo paradas de mão nos ombros dele, dando um salto mortal de uma cadeira para um banco e, em seguida, para uma mesa. Mesmo quando não estavam treinando oficialmente, ela pulava ao redor da sala, quase como se os seus ossos tivessem se transformado em borracha e os seus músculos fossem tão elásticos quanto os de uma lebre.

Dora se mostrava contente com o progresso dos dois. Mas Orkestres balançava a cabeça.

– Eles são bons, ágeis, esforçados. Mas no alto da montanha acima da aldeia deles – Orkestres fechou os olhos como que recordando – eu senti mágica naquela dança: a menina voando como se bebesse o vento, a música do menino quase como uma música do próprio vento também. Tecnicamente, eles eram amadores, mas havia algo que me fez estremecer.

– Eles acabaram de começar a treinar – retrucou Dora para tranquilizá-lo. – Têm tempo suficiente para ensaiar um número que deixará todo mundo sem fôlego. Eles são tão novos. Mais um ano... ou talvez dois.

Orkestres concordou, mas com preocupação nos olhos.

Era pleno inverno e as sombras se estendiam sob as muralhas de pedra quando Dora retornou certa tarde, não com uma sacola de comida, mas com o que parecia um corte de tecido. Ela puxou o pano de volta quando Nikko e Thetis tentaram tocá-lo, mas não antes de que ele sentisse o quanto era liso.

– Tirem as patas grudentas daqui, meus carneiros... Vocês andaram comendo tâmaras, não foi? Vão manchar o material. É pele de gamo...

o couro de uma corça que nasceu morta, cortado em dois para torná-la ainda mais fina. Precisei dar a minha pulseira de prata em troca disso, a que o rei de Thera me deu, e a turquesa, que ganhei do rei de Atenas. Sim, minhas ovelhas, eu me apresentei diante de todos os reis de quem vocês ouviram falar, e outros mais, e cada um deles me deu um presente de honra, tão bom quanto dariam a outro rei – ela alisou o manto branco de pele de raposa. Ele devia arrastar no chão quando ela era mais magra, pensou Nikko, embora atualmente cobrisse apenas os ombros largos. Tufos de pelo caíam no chão quando ela se movia. – Ah, que época. Agora, tirem a roupa.

Nikko a encarou.

– Como assim?

– Eu já vi um monte de rapazes despidos. Você precisa de calções de artista – explicou Dora, impaciente. – Justos, não para mostrar esses músculos infantis, mas porque roupas mais largas atrapalham. E a sua irmã também precisa de calções – ela afagou o cabelo de Thetis. Todos os dias, ele era penteado com uma escova feita de marfim e cerdas de porco, e untado com azeite após cada lavagem. Era completamente diferente do cabelo emaranhado da criança da montanha que ela foi um dia.

– Que tipo de calções? – Nikko indagou ressabiado.

Dora o encarou até ele baixar o olhar.

– Assim é melhor. Sentem-se. Os dois. Vocês precisam entender: regras de pudor são diferentes quando se é um acrobata. Sim, uma menina de boa família jamais mostraria o corpo ao olhar dos homens – ela sorriu e tocou o cabelo dele. – Ou pintaria o cabelo de dourado. Mas a sua irmã dançará diante de um salão cheio de homens, aparentando não usar nada além do que usou quando veio ao mundo e ninguém pensará mal dela. E a roupa dela lhe cobrirá os seios, se é isso que o preocupa, mas não por pudor e, sim, porque, conforme a sua irmã crescer, os seus seios podem esbarrar em coisas ou saltar e fazer com ela perca o equilíbrio. Mas quanto ao resto...

Ela ergueu o pano.

– Roupas tão finas quanto esta farão com que pareçam nus, os dois. E vocês as vestirão e sorrirão, e farão o melhor possível.

– Para que você e Orkestres possam ganhar pérolas e ouro de novo?

– Não. Para que você viva com conforto e a sua irmã não seja dada como um bicho de estimação para um dos convidados do Grande Rei. Você entende isso? – ela acariciou os cabelos de Thetis outra vez.

A menina sorriu, tomou a mão dela e a segurou junto à face.

– Viu? – disse Dora. – A sua irmã compreende. Orkestres trouxe vocês para cá pelo nosso bem, é verdade. Mas... – de repente, Nikko viu que os olhos dela estavam marejados. – Nós nunca tivemos um bebê. Uma acrobata não pode se apresentar tendo filhos... e mais tarde... bem, era tarde demais para isso também – ela buscou os olhos de Nikko. – Faremos o melhor por vocês, ovelhinhas. E se isso também for bom para nós... ora, nós ficaremos alegres. Mas vocês podem confiar em nós; jamais pensem o contrário.

Nikko espiou Thetis. Ela sorriu e balançou a cabeça.

"O que estou fazendo?", pensou Nikko. "Recorrendo à opinião da minha irmã caçula. Uma criança... uma garota!"

Conseguiriam, algum dia, tornar-se verdadeiramente bons? Tão extraordinários que encantariam o Grande Rei? O que aconteceria se fracassassem? Desonra, uma vida como escravo, pastoreando cabras... e algo ainda pior para Thetis?

Nikko olhou para a irmã – sua irmã de olhos calmos que tudo viam e compreendiam.

E, de súbito, caiu em si: ele sempre confiaria nas decisões de Thetis.

LEIA A PARTE 2 DE
ORÁCULO

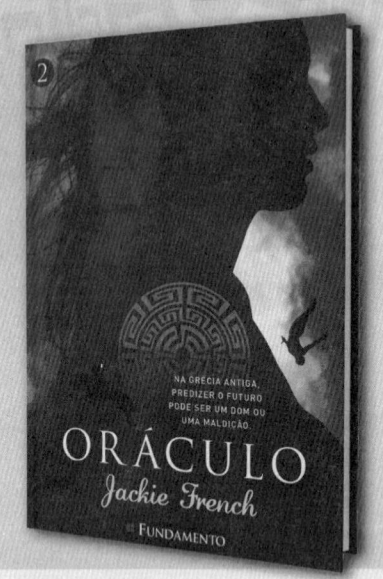

AS PALAVRAS PODEM MUDAR O DESTINO?

Chega o esperado dia da apresentação de Nikko e Thetis ao Grande Rei! Os irmãos treinaram até a exaustão. Mas todos sabem que velhas acrobacias não agradam mais a um rei entediado.

Para espanto da corte e do próprio rei, Thetis tira uma carta da manga e surpreende com uma dança mágica, quase divina. Assim, os dois irmãos ganham a admiração de todos e a menina é saudada pela corte como a Borboleta, o amuleto de Micenas.

Os irmãos se acostumam a uma vida cheia de privilégios e luxos, mas Eurídice, a acrobata que dança com os cavalos, pode fazer Nikko enxergar que a verdadeira liberdade está muito longe dos muros da cidade.

E o que será feito de Thetis? Será que ao proferir uma palavra, depois de anos de silêncio, ela pode destruir seu destino e o de seu irmão?

A incrível jornada de dois irmãos determinados a sobreviver de qualquer maneira continua.

PARTE 3
ORÁCULO

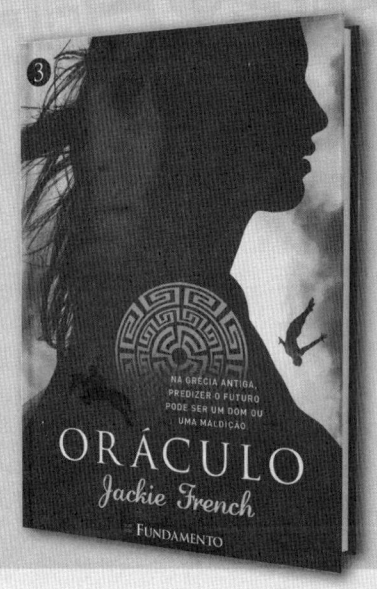

AS PALAVRAS PODEM MUDAR O DESTINO?

Depois de profetizar a chegada de um terremoto avassalador e a morte do Grande Rei de Micenas, Thetis é levada embora. O futuro da admirada Borboleta, que só conseguia dizer a verdade, se torna uma incógnita que seu irmão, Nikko, terá que desvendar.

Prisioneiros do Rei, Nikko e Eurídice, a garota-cavalo, precisam pensar no melhor plano para fugirem de Micenas e ir em busca de Thetis. Fora dos limites do palácio, Nikko estaria livre para procurar sua irmã, e Eurídice poderia encontrar o templo da Mãe Terra e cumprir sua promessa de se tornar uma sacerdotisa.

Mas o desenrolar dos acontecimentos jamais poderia ter sido planejado. Será que o destino estará a favor dos dois nesta jornada? Acompanhe o desfecho dessa linda história sobre um mundo perverso e ao mesmo tempo maravilhoso, onde todas as vidas, por mais curtas que sejam, têm um propósito.

CONHEÇA OUTROS LIVROS DA EDITORA FUNDAMENTO

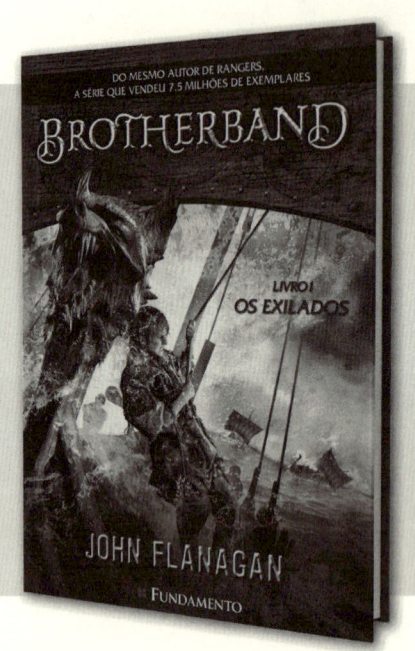

O pequeno e franzino Hal nunca conheceu o pai, um dos maiores guerreiros que defenderam o reino de Escândia. Bem diferente dele, Hal nada se parecia com um forte e bravo lutador. O fato de ele também ser filho de uma escrava vinda de Araluen o tornava um estrangeiro em seu país.

Mesmo sentindo-se exilado entre seu povo, havia algo que aproximava Hal dos outros garotos: o Brotherband, ou "irmãos em armas". Rejeitado pelos líderes dos demais grupos, Hal forma o seu próprio time. Mas um fato inesperado os leva a navegar por águas misteriosas e enfrentar novas aventuras e batalhas.

A bordo do Garça-Real, Hal e seus companheiros seguem na perseguição do Corvo, a infame nau pirata. Todos carregam na alma o fardo terrível da desonra por terem permitido que a Andomal fosse roubada por Zavac e sabem que, se não recuperarem o sagrado artefato, jamais poderão retornar à sua terra natal.

Enquanto se refugiam de uma violenta tempestade, eles descobrem que a cidade de Limmat foi invadida por Zavac e seus piratas. Finalmente, chega a hora de enfrentar as forças inimigas. Será que o treinamento dos Brotherband é suficiente para vencer essa batalha?

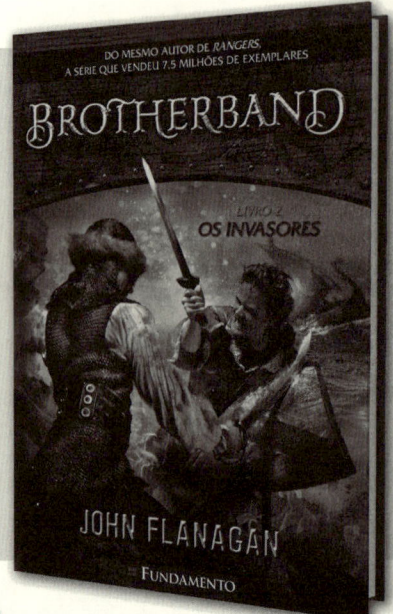